Les amandiers
sont morts
de leurs blessures

Tahar Ben Jelloun est, sans doute, un des écrivains du Maghreb les plus familiers de la culture occidentale. Il fréquente le philosophe E.-M. Cioran, Jean Genet. Mais sa « culture », son ancrage à Paris n'ont pas eu raison des racines. Nous avons affaire ici à un autre temps, à un autre espace mental. Le temps « arabe » n'est pas le temps cartésien. Ben Jelloun « occupe » une langue « autre » — la langue française — qui, à la fois, accroît son exil et, en même temps, par un étrange renversement des situations, le réincruste au plus vif, au plus solaire du sol natal. C'est un poète, d'abord et avant tout. Il sait que la mémoire est patrimoine du futur. C'est aussi un poète de l'heure matinale, et non de la furia pourpre de midi. Sa voix libère un chant pudique, seigneurial, lavé de toutes scories. Figuiers, oueds, palmeraies, souks, fontaines, patios : le verbe tisse les fils du pays, la tapisserie amoureuse d'un Ulysse rêveur et mélancolique, et le pays se fait verbe, comme par enchantement.

André Laude, *Les Nouvelles littéraires.*

Né à Fez en 1944. Vient de publier au Seuil son nouveau roman l'Enfant de sable.

Du même auteur

Tahar Ben Jelloun

Les amandiers sont morts de leurs blessures

poèmes

Maspero

TEXTE INTÉGRAL

EN COUVERTURE : illustration Rozier-Gaudriault

ISBN 2-02-008989-0
(ISBN 1re publication 2-7071-1082-5)

Á Dima

1

LES AMANDIERS SONT MORTS DE LEURS BLESSURES

Mourir comme elle

Ta grand-mère est morte hier. Elle est partie le matin, à l'aube. Heureuse et belle. Une étoile sur le front et un ange sur chaque épaule. Son dernier regard fut pour toi. Elle a même dit que le soleil ce jour était pour tes mains froides, loin du pays, et qu'il faudra que tu te maries. Elle a souri puis elle est partie sur un cheval. On pense que c'est un cheval ailé. Nous avons vu de notre terrasse le ciel s'ouvrir et accueillir au crépuscule une petite étoile. On peut la voir de partout. Tu nous as manqué. Ce fut une très belle fête. Nous avons respecté sa volonté : nous n'avons ni pleuré ni hurlé au moment où le cercueil passait le seuil de la maison. Nous nous sommes parfumés avec le bois fumé, encens du paradis. Le jardin où elle aimait prier était en fleurs.

Tu te rappelles ses silences entre deux prières ; chaque ride était une tendresse. Il nous reste la sérénité et la lumière de cette journée. On l'a lavée et parfumée à l'eau de rose et de jasmin. Elle aimait sa fraîcheur. On l'a enveloppée dans ce linceul qu'elle avait acheté et il y a longtemps, peut-être avant que tu ne naisses. Elle le parfumait à chaque fête. C'est ce même linceul qu'elle envoya à La Mecque où il séjourna trois jours et trois nuits. Elle qui ne savait pas écrire avait dessiné sur ce drap des roses et des étoiles. Elle le gardait soigneusement au fond de sa valise.

Tu te souviens ? Elle nous disait :

« C'est dans la plus belle des robes que je désire arriver chez le prophète. Sa lumière, sa clarté, sa beauté méritent le bonheur de mourir. J'ai vécu heureuse dans la chaleur de vos bras, de vos mains. J'ai perdu mon mari et mon plus bel enfant, une fleur arrachée par le soleil du mois d'août. Je ne me suis jamais sentie veuve. J'avais ma maison, mon foyer, chez chacun de vous. J'ai un autre bonheur maintenant : partir dans le jardin de Dieu, là tout près du soleil. Je suis née il y a longtemps, bien avant l'arrivée des Chrétiens. Calcule, tu trouveras presque un siècle ! La vieillesse ! Qui parle de vieillesse ? Si je n'avais le cœur un peu fatigué... D'ailleurs qu'importe !... Qu'elle vienne la mort, mais de l'azur et non des cendres. »

Elle n'est morte ni dans un hospice ni dans la solitude d'une chambre au fond d'un couloir. Elle s'est éteinte en douceur, chez elle, chez l'aîné de ses enfants.

A Leïla Shahid

Les amandiers
sont morts de leurs blessures

La Trouée de Rafah, village du nord-est du Sinaï, vient d'être détruite par les Israéliens, après que ses habitants arabes en ont été chassés. Un de ces hommes écrit à son fils.

Mon fils,

Le jour s'est arrêté dans mes rides depuis que leur machine sanglante et grise est passée sur notre maison. Elle est formidable cette voiture immense qui ouvre sa gueule pour happer le peu de chose qui nous restait : un lopin de terre, un toit et trois amandiers. C'est une machine qui fait du bruit, brille au soleil et éclate en rire saccadé quand elle triomphe des petites fleurs sauvages et fragiles qui essaient de se relever. J'ai vu ses dents jaunies par le sang de la terre se briser sur un tas de sable. Un petit vent a emporté les racines de l'arbre. Le ciel s'est baissé et les a ramassées ; je crois même qu'elles habitent un petit nuage têtu qui ne nous quitte plus depuis que nous sommes 'sans toit, sans patrie. Ton petit frère

13

a couru pour sauver de la poussière lourde tes livres d'écolier. Nous avons eu peur. La machine a failli l'avaler.

Blessés dans notre terre, humiliés dans nos arbres, nous étions là tous les trois, figés et habités par une mort soudaine. Une partie de nous-mêmes, je crois la plus grande, était meurtrie ; ils nous l'ont arrachée tout naturellement, à l'aube. Nous sommes restés tranquilles ; ils ont ouvert nos plaies et nous avons bu notre mort. Elle a le goût de la sève ; ta mère dit qu'elle a le parfum du jasmin. Le ciel s'est ouvert à l'appel de l'oiseau orphelin, et nous avons aperçu un corps de lumière couvert de sang neuf. Le soleil trébuchait ce jour-là, car l'injustice froide creusait son sillon dans notre terre, notre corps.

Notre mémoire percée d'étoiles n'avait plus de citadelle : elle devenait enceinte de nouvelles blessures. En 1948, tu n'étais pas encore né. La guerre a traversé notre champ. L'olivier était calciné. Notre destin était terni par la misère, mais il avait la rage de l'espoir. Certains sont partis avec une tente pour tout bagage, d'autres sont morts.

Aujourd'hui, mon fils, nous ne savons pas où tu es. Où que tu sois, sache que nous ne sommes pas tristes. On nous dit que nos maisons sont inutiles et que nos amandiers sont ridicules. On nous dit que sur cette terre s'élèvera une ville, une ville moderne. Elle aura de belles avenues, des autobus et des chars. Elle ira jusqu'à la Méditerranée et s'appellera Yamit. Leurs machines perfectionnées avancent, avancent. Nos voisins ont reçu des cartes vertes. Ils peuvent rester chez eux quelques jours encore. Tu sais, le petit village d'Abou-Chanar, lui aussi va être détruit. La machine sanglante et grise avance, avance. On nous dit qu'il faut laisser la place à des hommes venus de loin, de très loin, des juifs venus de la Russie, mon fils.

Notre bagage est léger : un sac de farine et un peu d'olives. La foudre peut descendre. Elle foulera les sables mêlés de pierres brisées et d'arbustes abattus. Elle tombera dans le vide, étranglée par les serpents de la haine. Tu te rends compte, mon fils, ils demandent aux enfants de cette terre de venir la travailler pour le compte des « nouveaux propriétaires » ! C'est la seule fois où j'ai pleuré. Je sais, tu n'aimes pas les larmes ; excuse-moi si les miennes ont coulé. Mais la honte s'est amassée dans mon corps comme les pierres, comme les jours, comme les prières.

Notre terre battue par l'acier qui écrase les petits lézards, je la vois sur ton front comme une étoile, un rêve urgent qui nous rassemble. Tout change de nom. La main métallique efface les écritures sur nos corps. Des racines d'arbres attestent. Nous n'avons pas besoin de stèle. Notre mémoire est un peu de sable suspendu à la lumière. Elle est haute entre tes doigts. Nous t'embrassons où que tu sois.

Mahmoud Darwish :
une terre orpheline

Mahmoud Darwish, un enfant habité par une terre orpheline. Ses yeux portent le soleil et la blessure du temps des sables. Dans le cœur, le rêve est une épine, un printemps reporté de saison en saison. Entre ses mains, une hirondelle et une foule de mots, un pré de syllabes arrachées au pays natal. Dans son regard, le rire. L'espoir fou d'un peuple. Sur sa poitrine, ta- touée, une étoile. Un astre échappé au poème.

Mahmoud Darwish est ainsi né : une poignée de terre brune éparpillée sur l'étendue d'une mémoire, la plus haute, entre les noces de la terre et du sang, en Galilée, un jour de mars de l'an 41, dans un petit village, Birweh. Sur cette terre, aujourd'hui, il y a un bois et deux kibboutzim, Ahihoud et Yasaor.

Mahmoud Darwish est cette voix qui chante l'amour, une voix éprise des cheveux bouclés de son verger quitté à l'aube, à sept ans. Il a vécu à Deir-El-Asad, terre occupée. Sur son laissez-passer, une « nationalité indéterminée ». Indéterminés, le destin et la foudre qui tombe du rire quand l'oiseau s'égare entre le nuage et l'écume. Mahmoud vivra à Haïfa jusqu'en 1970 et fera de chaque jour un poème et une pierre. Il fera de chaque phrase un champ de solitude planté d'images et de branches d'oliviers. Ce fut ensuite l'exil extérieur, à Moscou, au Caire, puis à Beyrouth, où il a dressé la tente du provisoire.

Aujourd'hui, Mahmoud, consacré « poète de la résistance », voudrait être un rêve, un chant qui dirait le rêve palestinien. Il n'est pas poète engagé. Il est le poème. Il n'est pas militant. Il est poète. Il n'est pas un héros. Il est chant d'amour de la « tristesse ordinaire ». Il approfondit le désespoir pour donner aux enfants la lueur suprême de l'existence dans la paix, la dignité.

Tourné vers la mémoire future, il dit aujourd'hui : « Celui qui m'a changé en exilé m'a changé en bombe. Je sais que je vais mourir, je sais que je livre une bataille perdue au présent, car elle est d'avenir. Et je sais que la Palestine — sur la carte — est loin. Et je sais que vous avez oublié son nom dont vous avez falsifié la traduction. Tout cela, je le sais. Et c'est pourquoi je porte Palestine sur vos boulevards, dans vos maisons, dans vos chambres à coucher. Palestine n'est pas terre, messieurs les juges. Palestine est devenue mille corps mouvants sillonnant les rues du monde, chantant le chant de la mort, car le nouveau Christ, descendu de sa croix, porta bâton et sortit de Palestine*. »

* Le texte de Mahmoud Darwish a été traduit de l'arabe par Abdel Wahab Meddeb, et publié dans les *Cahiers du cinéma*, n° 256.

Arabie... Arabie...

Comme le disait l'animal qui savait parler : « L'humanité est un préjugé », surtout quand on la recherche en des lieux où le ciel se rapproche des sables et des mythes, des lieux saints et sacrés, territoire où le pardon absolu est aussi la fête du sublime.

Qui l'eût cru ? Le désert n'est plus un poème ! C'est aussi un préjugé, une image peinte, dessinée par le néon au-dessus d'immeubles inachevés, à l'angle des rues sans trottoir. C'est un souvenir pâle qui transparaît sur le front d'un nuage égaré dans la solitude d'un ciel où les étoiles s'ennuient.

Allez en Arabie et essayez de receler un désert qui s'étire dans vos têtes, un désert qu'on dit solennel, mais absent. Il s'éloigne en s'excusant, car il n'est plus digne de la légende : ni tigre ni lion, à peine un chat tuberculeux. Le pétrole coule dans ses veines comme une énigme.

Alors on se tourne vers la mer. Discrète, elle mouille à peine les sables de Djeddah. Un port ? Comment le croire ? Le petit vent promène la poussière ocre à travers la ville, mais point de parfum marin. On s'approche. On tend la main et le regard. L'eau a perdu ses couleurs. La mer Rouge s'absente. Elle ne doute plus de l'erreur : elle n'a pas d'amants.

Mais la ville est ouverte. Ni porte ni enceinte. A chacun sa rue, sa part de bruit et de lumière. Une lumière d'une grande pureté. On la voudrait douce ; elle est éclatante. Le déclin du désert, la répudiation de la mer, c'est aussi l'agonie des maisons traditionnelles, la fin d'une architecture populaire qui balbutiait, mais qui se gardait bien de la laideur. Dans cet espace où tout est importé, même et surtout la laideur des autres, le rêve s'estompe. L'Arabie de la différence s'efface. Les traces de la beauté et du sublime sont préservées dans les lieux de la prière et du recueillement. L'émotion est encore possible dans la simplicité et le silence des mosquées. Mais l'agression est ailleurs : le béton, le plastique, le formica, la moquette et la voiture. Pas n'importe quelle voiture, mais d'immenses bolides américains qui vont à toute vitesse dans un tintamarre de klaxons qui tient lieu de signalisation et de code de la route. La manipulation folle de ces engins doit faire oublier la nonchalance d'antan et triompher de la durée anachronique des chameaux [...].

Dans cet empire agité par les apparences du rêve métallique, perturbé par tant de richesse et fasciné par l'éphémère occidental, il y a place pour la contemplation. Le prophète Mahomet avait dit : « Ne sanglez vos selles que pour vous rendre à trois mosquées : la mienne, celle de La Mecque et celle de Jérusalem. » La mosquée de Mahomet est Médine. Toute la ville s'est retirée dans sa mémoire ; elle se préserve des regards vacillants et des mains infidèles. C'est un lieu qui sied au silence, au petit nuage vagabond et aux brides du destin. La voiture n'ose pas s'engager dans ce labyrinthe où les enfants courent, rient et disparaissent, s'amusent.

Etrange empire où les cinq prières restent fidèles au jour, où la modernité est sollicitée par une puissance soudaine, où le rêve révolutionnaire est refoulé violemment vers le sacrilège.

La main et les nuques

Et la main lourde de rides et du sang bleu des poètes tombe sur la nuque d'un verger captif de petits soleils.

Elle tranche la vie de l'insolent qui a bu le ciel. Entre le pouce et l'index craquent les étoiles imprudentes lovées dans la nuque ; et le vieillard, sans trembler ni rougir, aligne les têtes, aiguise la main droite qui sépare le corps de la vie. Sa mémoire-charogne, aujourd'hui irriguée d'un sang neuf pris à l'arc-en-ciel, se relève de la tombe avec un dentier d'ivoire, avec un regard qui donne la mort, avec un souffle qui fait des trous dans les poitrines levées en poing fermé.

Les fesses plissées s'asseoient sur les crânes chauds et c'est ainsi que tombent les rides dans la diarrhée à l'aube. Son ombre roule le tambour dans le cœur des enfants qui s'accrochent aux nuages, devenus des oiseaux orphelins de l'herbe tendre.

Sa main devenue légère est portée par l'aigle hilare. Elle crache une pluie incendiaire sur le pays qui avance pendant que des crapauds avalent des fœtus entre les doigts de la mort.

27 septembre 1975.

La mort
plus d'une fois
retournée dans un sanglot de silence
à l'aube
nous regardions le ciel
froissée par la main du vieillard
une main levée des cendres
va traverser notre rire
notre voix
retenue par la pierre
tire sur la nuit
et givre l'attente
la mort
a trouvé notre peau trop large
en cet instant solennel
où la musique de l'absent
sera funèbre
alors
que nous la désirons
heureuse
ouverte sur une grande lumière
mêlée à la chevelure de nos filles
la mort
étrange oiseau
égaré dans des corps nubiles
entre ces murs qui avancent
dans la splendeur

hier
de l'astre aimant
c'était l'enfance
le matin tiède
l'éclair
du soir roué
sur terre d'amiante
et
les mains grandissent
dans le ciel
des nuages
venus de la mer
sur la pointe du rêve
et ce chant
avant le soleil
avant nos corps
foudroyés
bus par la terre
une fille
vêtue d'ombre
nous prend par la main
l'eau de sa voix
lave le sang
versé par le vieillard
sorti de l'extrême limite des ténèbres
par-dessus le verbe
nous jurons
par la figue et l'olive
en ce matin tronqué de septembre
nous jurons
mais
« à quoi bon »
le soleil est descendu dans la cathédrale
en pourpre de l'absence
pourquoi nommer la terre

la mort valse dans une robe légère
toujours à l'aube
de forêt en cellule
jamais lasse
elle se déguise
fragment d'une vie
ruine de la poésie
cinq hommes et quelques milliers
hauts dans le ciel
giclé de sang
nous jurons
mais la fille
debout sur la mer
nous donne à boire
les nuques
mouillées par l'écume
perdent des images
bleues et mauves
les bouches se ferment
sur le nuage égaré
la main
s'ouvre sur le rêve
d'un peuple
qui ne sait plus rire
la main de la fille
nous ferme les yeux
le vent
souffle sur les cendres
monte
le silence

Écrire comme on se tait

Il est sorti de sa chambre, un nuage dans la tête. Il tendit la main vers le jour qui passait dans le bruit et l'indifférence. « *Je suis arabe ! Et il paraît que nous avons du pétrole, beaucoup de pétrole. C'est drôle, je ne le savais pas.* »

Il disparut entre l'usine et le rêve.

Ne vous amusez surtout pas à avoir faim ni à mourir de soif.

Ne détournez pas le cours de l'histoire et de la fatalité. Car il est dit quelque part qu'auront faim toujours les mêmes, ceux qui ont la peau grise et l'œil profond, ceux que l'arbre a enfantés un jour où le Destin eut une affreuse migraine.

Le pouvoir donne la diarrhée. La fièvre de couleur donne des boutons. Un arbre squelettique, sans feuilles, sans matins, passe dans la Cour des miracles, où des hommes importants font leurs ablutions pendant que d'autres retiennent leur ventre qui fout le camp.

Un chameau dit un jour dans une réunion : « Ravalez votre haine ; écoutez plutôt le chant des enfants qui n'ont pas de maison, pas de jardin, des enfants qui arrachent des étoiles au ciel pour dessiner sur le sable des automitrailleuses... car, au fond, il y a l'horizon, gazelle orpheline, des miroirs qui dansent et qui font mal. »

Du pain, des olives et quelques figues pour la folie de cet homme expatrié, séparé de la vie, car il sait rire au lieu de travailler.

Un homme venu
d'une autre durée

Il a la peau brune, des cheveux crépus, de grandes mains calleuses noircies par le travail. Son visage sourit et son front dessine des rides serrées. Il a quarante ans, peut-être moins.

Cet homme, habillé de gris, a pris le métro à la station Denfert-Rochereau, direction Porte-de-la-Chapelle.

D'où vient-il ? Peu importe ! Son visage, ses gestes, son sourire disent assez qu'il n'est pas d'ici. Ce n'est pas un touriste non plus. Il est venu d'ailleurs, de l'autre côté des montagnes, de l'autre côté des mers. Il est venu d'une autre durée, la différence entre les dents. Il est venu seul. Une parenthèse dans sa vie. Une parenthèse qui dure depuis bientôt sept ans. Il habite dans une petite chambre, dans le dix-huitième. Il n'est pas triste. Il sourit et cherche parmi les voyageurs un regard, un signe.

Je suis petit dans ma solitude. Mais je ris. Tiens, je ne me suis pas rasé ce matin. Ce n'est pas grave. Personne ne me regarde. Ils lisent. Dans les couloirs, ils courent. Dans le métro, ils lisent. Ils ne perdent pas de temps. Moi, je m'arrête dans les couloirs. J'écoute les jeunes qui chantent. Je ris. Je plaisante. Je vais parler à quelqu'un, n'importe qui. Non. Il va me prendre pour un mendiant. Qu'est-ce qu'un mendiant dans ce pays ? Je n'en ai jamais vu. Des gens descendent, se bousculent. D'autres montent. J'ai l'impression qu'ils se ressemblent. Je vais parler à ce couple. Je vais m'asseoir en face de lui, puisque la place est libre, et je vais lui dire quelque chose de gentil : Aaaaa... Maaaaa... Ooooo...

Ils ont peur. Je ne voulais pas les effrayer. La femme serre le bras de son homme. Elle compte les stations sur le tableau. Je leur fais un grand sourire et reprends : Aaaaa... Maaaaa... Ooooo... Ils se lèvent et vont s'installer à l'autre bout du wagon. Je ne voulais pas les embêter. Les autres voyageurs commencent à me regarder. Ils se disent : quel homme étrange ! D'où vient-il ? Je me tourne vers un groupe de voyageurs. Rien sur le visage. La fatigue. Je gesticule. Je souris et leur dis : Aaaaa... Maaaaaa... Ooooo... Il est fou. Il est saoul. Il est bizarre. Il peut être dangereux. Inquiétant. Quelle langue est-ce ? Il n'est pas rasé. J'ai peur. Il n'est pas de chez nous, il a les cheveux crépus. Il faut l'enfermer.

Qu'est-ce qu'il veut dire ? Il ne se sent pas bien. Qu'est-ce qu'il veut ?

Rien. Je ne voulais rien dire. Je voulais parler. Parler avec quelqu'un. Parler du temps qu'il fait. Parler de mon pays ; c'est le printemps chez moi ; le parfum des fleurs ; la couleur de l'herbe ; les yeux des enfants ; le soleil ; la violence du besoin ; le chômage ; la misère que j'ai fuie. On irait prendre un café, échanger nos adresses...

Tiens, c'est le contrôleur. Je sors mon ticket, ma

carte de séjour, ma carte de travail, mon passeport. C'est machinal. Je sors aussi la photo de mes enfants. Ils sont trois, beaux comme des soleils. Ma fille est une petite gazelle ; elle a des diamants dans les yeux. Mon aîné va à l'école et joue avec les nuages. L'autre s'occupe des brebis.

Je montre tout. Il fait un trou dans le ticket et ne me regarde même pas. Je vais lui parler. Il faut qu'il me regarde. Je mets ma main sur son épaule. Je lui souris et lui dis : Aaaaa... Maaaaa... Ooooo... Il met son doigt sur la tempe et le tourne. Je relève le col de mon pardessus et me regarde dans la vitre :

Tu es fou. Bizarre. Dangereux ? Non. Tu es seul. Invisible. Transparent. C'est pour cela qu'on te marche dessus.

Je n'ai plus d'imagination. L'usine ne s'arrêtera pas. Il y aura toujours des nuages sur la ville. Dans le métro, ce sera l'indifférence du métal. C'est triste. Le rêve, ce sera pour une autre fois. A la fin du mois, j'irai à la poste envoyer un mandat à ma femme. A la fin du mois, je n'irai pas à la poste. Je retourne chez moi.

Il descend au terminus, met les mains dans les poches et se dirige, sans se presser, vers la sortie.

2.

POÈMES PAR AMOUR

Quel oiseau ivre naîtra de ton absence
toi la main du couchant mêlée à mon rire
et la larme devenue diamant
monte sur la paupière du jour
c'est ton front que je dessine
dans le vol de la lumière
et ton regard
s'en va
sur la vague retournée
un soir de sable
mon corps n'est plus ce miroir qui danse
alors je me souviens

tu te rappelles
toi l'enfant née d'une gazelle
le rêve balbutiait en nous
son chant éphémère
le vent et l'automne dans une petite solitude
je te disais
laisse tes pieds nus sur la terre mouillée
une rue blanche
et un arbre
seront ma mémoire
donne tes yeux à l'horizon qui chante

ma main
suspend la chevelure de la mer

et frôle ta nuque
mais tu trembles dans le miroir de mon corps
nuage
ma voix
te porte vers le jardin d'arbres argentés

c'était un printemps ouvert sur le ciel
il m'a donné une enfant
une enfant qui pleure
une étoile scindée
et mon désir se sépare du jour
je le ramasse dans une feuille de papier
et m'en vais cacher la folie
dans un roc de solitude

Blanche l'absence
comme une mort lointaine
en ce jour où l'astre de l'oubli
se posera sur l'herbe mouillée d'une mémoire froissée

Je te vois chantée par les matins
enfants nés des sables

Et l'oiseau me dit
elle est syllabe à prononcer doucement
entre une pensée et un rire
et si le regard s'absente
laisse-toi prendre entre les doigts du soleil
va suspendre le rêve aux tresses de la nuit
et ramasse les étoiles qui ne sont plus du ciel
tiens la main fertile quand tu penses à la citadelle de
ce corps fragile

Eclipse
et
silence
des pierres tourmentées

Les filles de Tanger

Les filles de Tanger ont une étoile sur chaque sein. Complices de la nuit et des vents, elles habitent dans des coquillages sur rivage de tendresse. Voisines du soleil qui leur souffle le matin telle une larme dans la bouche, elles ont un jardin. Un jardin caché dans l'aube, quelque part dans la vieille ville où des conteurs fabriquent des barques pour les oiseaux géants de la légende. Elles ont tressé un fil d'or dans la chevelure rebelle. Belles comme la flamme levée dans la solitude, comme le désir qui lève les paupières de la nuit, comme la main qui s'ouvre sur l'offrande, fruit des mers et des sables. Elles vont dans la ville répandre la lumière du jour et donner à boire aux hommes suspendus aux nues. Mais la ville a deux visages : l'un pour aimer, l'autre pour trahir. Le corps est un labyrinthe tracé par la gazelle qui a volé le miel aux lèvres de l'enfant. Une écharpe mauve ou encre nouée sur le front pour préserver l'écrit de la nuit sur le corps vierge. Une fleur sans nom a poussé entre deux pierres. Une fleur sans parfum a allumé le feu dans le voile du jour froissé. Une fente dans les lèvres par où passe la musique qui fait danser les miroirs. Les filles, descendues d'une crête voisine, nues derrière le voile du ciel, mordent dans un fruit mûr.

Il pleut l'écaille sur le voile. Le voile devient ruisseau. Les filles, des sirènes qui font l'amour avec les étoiles. Les filles de Tanger se sont réveillées ce matin. Elles avaient du sable entre les seins. Assises sur un banc du jardin public. Orphelines.

Les filles de Tétouan

1. *Topographie d'une solitude*

Les filles de Tétouan ont la peau blanche et douce. Les yeux noirs. Le regard discret. Le geste mesuré. La parole rare.

Vivre à Tétouan, c'est consentir une complicité : complicité avec le calme d'une mer voisine ; respect de ce qui dure et doit durer ; complicité avec les illusions de l'écrit ; consentir la retenue, l'économie dans la parole et dans l'acte.

La vie traverse les habitants de cette ville avec la douceur et le murmure d'un ruisseau. L'événement, c'est le détour. Les corps blancs, les corps frêles traversent l'événement à la manière d'une nappe de fumée qui passe. Un petit nuage bleu reste accroché au niveau des arbres. C'est tout. Le vent soufflera. Il emportera le petit nuage bleu. Le bruit se décompose au seuil de la ville. Il est annulé. Le faste et le luxe sont refoulés vers d'autres lieux. De même, on a décrété que toute violence est étrangère à la topographie de la ville. Les rues sont dessinées de telle sorte qu'elles puissent déjouer, ou tout au moins apprivoiser, les signes de la violence. Les murs badigeonnés avec de la chaux retiennent dans leur luminosité un peu du bleu du ciel. Ce bleu s'insinue dans la blancheur, comme le murmure des vagues de Martil pénètre doucement les rêves des enfants qui attendent l'été. On le dit partout : les montagnes détiennent les fibres du Destin ; ce qui arrive est écrit sur leurs flancs nus. Ceux qui les escaladent ne savent pas lire entre les pierres. La passion est rare, comme la folie. Personne ne les nomme. Les corps leur échappent, glissent entre la violence qu'on refoule et le désir caché. Le vent soufflera la nuit de préférence. La ville épurée. Les rues repeintes à la chaux. Les pierres des montagnes sont à l'écoute de la quiétude. Les nuages abandonnent leur bleu et s'en vont tomber plus loin. A la mer.

On parle d'une colombe blanche.

On dessine la colombe qui frôle le petit nuage bleu. C'est la lumière. C'est le signe transparent de la volupté murmurée. Quelques feuilles échappées au ciel cherchent un corps une tombe. Les mains nues. La voix nue. C'est la migration de l'eau douce. Sur corps peints de terre.

Lorsque se tait la rumeur, les femmes sortent. La mer retenue dans le regard. Le pas dessine la nudité des hanches ; l'astre sans prise coule vers le lit sec de la rivière. C'est la chute de l'abeille dans un corps de miel : l'erreur. Sur la pointe des pieds, les femmes traversent les grandes allées de la solitude. L'œil des hommes assis au café caresse leurs fesses et les juge. Le soleil nous renvoie ces visages purs dans des rêves silencieux. On dit que ces corps ont été taillés dans l'argile et le verbe. Ils retourneront à l'argile. Pour le moment, ils chantent et cernent la blancheur de l'absence. Ils couvent l'incertitude de la promesse et préfèrent la douceur de la caresse.

C'est vrai, la caresse est fugue. L'homme s'absente. Les affaires courantes.

Le corps aride. Désœuvré.

L'amour. Apprendre à aimer sa solitude. Savoir se retirer dans un roc qui préserve la tendresse. Déjouer la dépendance pour que possession devienne écran de transparence. Aimer, c'est célébrer en permanence la rencontre de deux solitudes, fêter leur révélation quotidienne, fêter leur éclatement possible dans la mort la poésie. Se savoir abandonné des étoiles et des vagues ; vivre l'amour l'amitié dans la tendresse passionnelle. Les femmes de Tétouan ne connaissent hélas que la dépossession. Leur être féminin se perd dans l'image que l'homme a bien voulu fabriquer pour elles. Arrachées à leur différence, elles se consument dans l'oubli. Voilà pourquoi les femmes de Tétouan se retirent, sans faire de bruit, sans briser quoi que ce soit, dans la somme de leurs solitudes. Les époux deviennent matière qui s'effrite dans les cafés ou clubs pour hommes (casinos espagnols) où, pour se soûler sans être vu, on descend dans la cave. Ils parlent jusqu'à la perte de leur salive ; tombent en mottes de sable blanc à côté de leur tabouret. Le soir, le garçon de café les ramasse dans de petits couffins et s'en va les déposer au seuil de leur maison. Les femmes dorment. S'absentent pour rêver.

2. *Née de l'écume*

Elle est reine nymphomane. Elle a été enfermée dans une cage de cristal par l'homme, son mari. La nuit, elle traverse le cristal et court à la grande place du Feddane illuminé pour l'occasion par de puissants projecteurs. Son corps étendu attend. Sa nudité appartiendra à l'homme ou la bête qui saura l'assouvir. Les hommes ivres qui sortent du sous-sol du « casino » se brûlent en s'approchant du corps. Ils partent en fuyant, ayant reconnu la damnation menaçante. Le corps qui a souffert l'absence de l'amour est devenu une immense braise. La reine n'attend plus dans le Feddane : une bête non identifiée, venue certainement du Rif, l'a enlevée. Ils vivent heureux dans une grotte.

Elle est femme née de l'écume. Pas tout à fait sirène. Elle dort sur le rivage, bercée par le murmure des pensées. L'homme qui passe est un montagnard rifain. Sa peau est brune. Teinte de la terre du pays. Il s'arrête, s'agenouille près du corps qui rêve. Sans parler, passe ses mains taillées dans la roche du mont Dersa sur la poitrine blanche et ferme de la femme qui commence à se réveiller. Il embrasse ensuite les aisselles et sent profondément le parfum des roses étalé sur le corps. Avec quelque précipitation, l'homme déchire la culotte large et blanche de la femme, relève sa djellaba en laine marron foncé dont il tient le bord entre les dents et pénètre en silence la jeune femme qui ne dit rien. Trop heureuse pour parler, elle regarde le ciel.

3. *Le corps dans le miroir*

On lui a dit qu'une fille doit rester vierge jusqu'à l'arrivée du mari. On lui a dit aussi de se méfier des regards tendres et des paroles douces. On lui a dit de ne jamais regarder un garçon dans les yeux, encore moins lui parler. Tôt, on lui a présenté un dessin du monde : le Bien d'un côté, le Mal de l'autre.

Elle doit rester dans le territoire du Bien où elle sera préservée du vice et de la honte. Sa maison, sa famille, ses parents ont toujours fait partie de ce territoire. C'est pour cela qu'ils se portent bien et sont respectés de toute la ville. De l'autre côté, il y a le Mal et les autres. Le sexe, la cigarette, l'alcool, la jouissance... C'est la nuit. C'est l'absence des étoiles. On ne connaît ni Dieu ni Mohammad son prophète. Les familles perdent leur honneur et vivent la damnation de Dieu et des hommes.

Elle se met derrière la fenêtre et regarde les hommes passer. De temps en temps, un couple traverse la rue. Ils se tiennent par la main ; des fois, la femme suit derrière. Des garçons désœuvrés passent solitaires. Certains d'entre eux lèvent les yeux au balcon, mais n'aperçoivent pas de femme. Quand la nuit tombe, la fille s'enferme dans la salle d'eau. Elle se déshabille et contemple longuement son corps dans le miroir. Elle se tourne et se retourne, défait sa chevelure, se maquille et se regarde. Elle ferme les yeux et laisse sa main descendre avec douceur de son épaule à son pubis. La caresse douce et honteuse. Après, c'est l'amertume. La désillusion. Ou tout simplement la honte, la culpabilité. La fille se démaquille, se rhabille, ramasse sa solitude dans la paume de la main et se jette dans un lit pour retrouver les ombres.

Elle se remet au balcon et choisit l'homme qui passera sa main sur son corps dans le miroir. Ce corps passe son temps à attendre et s'use dans un miroir qu'il n'arrive pas à briser jusqu'au jour où un homme, un homme de famille, un homme qui travaille et qui désire fonder un foyer, envoie ses parents pour demander en mariage la fille. Il ne la connaît pas encore, du moins pas vraiment ; on a dû lui parler d'elle, on lui a vanté ses qualités. Pour la voir, on lui a donné ses coordonnées, c'est-à-dire le chemin qu'elle emprunte quotidiennement, les moments où elle se déplace seule... Il l'a vue pour la première fois à la sortie du lycée. Il était au volant de sa voiture et faisait semblant d'attendre quelqu'un. Il l'a à peine vue.

Exactement ce qu'il lui faut : une fille discrète, timide, qui ne suit ni la mode ni la politique. Bref, son choix est fait. Elle sera femme au foyer. Digne et simple. Pas besoin de diplôme ; elle s'occupera de sa maison. Elle n'aura pas à travailler dans une administration, à être en rapport avec d'autres hommes. Pour le voyage de noces, ils iront en Espagne. La famille de la fille se donne un temps de réflexion. La fille peut refuser, invoquant le désir de terminer ses études.

Les fiançailles. Le temps de l'amour, des baisers en cachette, des promenades en voiture et le retour avant le dîner à la maison. L'amour comme dans un photo-roman.

La préparation du mariage. Des cadeaux à l'occasion des fêtes. Une bague ou un bracelet. Le mariage est une fête où la mère pleure la rupture. Sa fille lui est enlevée. Elle la quitte pour un autre lit, pour une autre solitude.

La fille perd sa virginité. On en félicite le mari.

La famille est fondée. On attend les enfants. La femme s'occupe de son foyer. Elle prépare à manger. Une petite bonne pas chère (venue de la campagne) fait les travaux durs comme la lessive et le nettoyage. Le mari mange, rote et dort. Le soir, en sortant du travail, il retrouve ses copains (qu'il avait un peu abandonnés pendant le temps des fiançailles) dans le café principal ; lit le journal et discute du sport ou de la moralité des autres. Il rentre pour dîner et ressort souvent jouer aux cartes ou boire quelques bières avec d'autres copains. La nuit, quand il rentre chez lui, il réveille sa femme et lui déverse quelques gouttes de sperme entre les jambes. La femme rêve et peuple son lit d'images en couleur.

L'amour. C'est fini. C'était juste pour les fiançailles. L'amour, cette solitude.

4. *Une moitié d'orange*

Elle se remet au balcon et choisit l'homme qui passera sa main sur son corps dans le miroir... Mais ce corps ne va plus s'user dans l'attente et la solitude ; il touchera un autre corps dans l'amitié et sans miroir, le corps d'une autre.

Au lycée, il n'est pas question de mêler les garçons aux filles. Chaque sexe a sa propre cour de récréation. Ils peuvent à la rigueur se rencontrer dans une salle de bibliothèque, échanger quelques regards et repartir chacun de son côté. Les cafés ? Ce sont des lieux réservés aux hommes. Les quelques femmes qu'on y voit des fois sont soit des étrangères, soit des prostituées. Même la mosquée est réservée aux hommes. Les femmes peuvent y aller, mais elles n'ont pas le droit de prier (se prosterner) devant une rangée d'hommes. Vous imaginez le scandale que cela provoquerait : une femme qui en se prosternant éveillerait le désir de tout une rangée d'hommes en train de prier ! Ce n'est pas sérieux ! La plage ? Elles y vont avec toute la famille.

Elle ne rêve plus.

Elles se sont connues au hammam. L'obscurité qui règne dans ce lieu dispense les corps de couvrir la nudité.

Elle lui a offert une moitié d'orange. En retour. elle lui a donné un peu de son eau chaude. Elle lui a proposé de lui passer du rassoul dans le dos. Elle remplit ses mains de henné parfumé et lui dit : tiens, il vient de La Mecque.

Elle sentait des frissons parcourir tout son être lorsque les doigts enduits de rassoul glissaient lentement sur son dos. Quand elle eut fini, l'autre lui dit : cette fois-ci, c'est mon tour ; je vais passer le henné dans tes cheveux.

Elles avaient toutes les deux une très belle chevelure. Le henné coulait au bas des reins pendant qu'elle lui peignait les cheveux.

Chacune à son tour passa du savon sur le corps de l'autre : la main sans gant de toilette gardait dans sa paume un morceau de savon et passait sur les épaules, sous les aisselles, entre les seins, entre les jambes.

En sortant du hammam, elles s'installèrent dans la chambre de repos (qui est aussi une salle d'attente) et burent une limonade glacée.

Elle lui écrivait des petits poèmes en arabe où elle lui disait : tu es ma gazelle, mon diamant, ma joie. Elle lui remettait discrètement, le jour même, une lettre où elle répondait à son poème : j'aime ta chevelure, j'aime ta bouche, j'aime nos silences heureux.

Elles se téléphonaient pendant des heures pour se dire des choses banales, pour s'entendre.

Cette amitié entre les filles a rapproché les deux familles qui se connaissaient à peine. De temps en temps, les filles dormaient dans la même maison :

chacune était tantôt hôte, tantôt invitée. Elles regardaient la télévision puis s'enfermaient dans la chambre. Elles se racontaient des histoires, jouaient aux devinettes, se déguisaient en voyante, jouaient aux amoureux et se faisaient des serments du genre « jamais un homme ne touchera ma poitrine » ou « jamais un homme ne m'approchera ». Elles apprenaient à détester les hommes, mais n'arrivaient pas à les mépriser. Elles s'échangeaient des parfums et des bijoux. Tout en se caressant le bout des seins, elles s'endormaient avec tendresse.

Elles se réveillaient heureuses et se racontaient leurs rêves.

5. *Il murmurait dans sa chevelure*

C'était la veille des vacances du printemps. Elle reçut une lettre folle et désespérée d'un camarade de classe. C'était une lettre d'amour. Un interminable poème d'amour naïf et tendre. Des vers rimés en arabe classique. Des vers libres en arabe dialectal. Des formules de politesse en français piquées dans « Le Parfait Secrétaire ». Des fleurs dessinées et, en bas de la feuille, une signature grandiose et bien sûr illisible.

Elle ne répondit pas. Une question d'orgueil et de fierté. Elle eut toutes les vacances pour réfléchir. A la rentrée, elle lui écrivit une petite lettre pour accepter son amitié, sans plus. Ils se voyaient tous les mercredis à la bibliothèque de la Mission universitaire et culturelle française de Tétouan. Il faut dire en passant que ce centre où des personnes de bonne volonté mettent à la disposition des lycéens et lycéennes de Tétouan les premiers symptômes de la décadence en des livres reliés, sous l'œil bienveillant (le regard quelque peu vicieux) d'un monsieur dodu et arriviste, est utile ne serait-ce que parce qu'il favorise la rencontre de quelques amoureux. Grâce à l'immunité reconnue au livre et à l'acquisition de la culture (et quelle culture !), les parents ne peuvent soupçonner que leurs filles puissent faire autre chose que lire ou emprunter des livres dans une bibliothèque, surtout si eux-mêmes vont prendre le soir des cours de français dans ce même centre. Ils se retrouvaient donc dans la bibliothèque, entre le rayon « Philosophie » et « Romans français ». Ils parlaient d'amour et d'amitié adossés aux œuvres complètes du père Teilhard de Chardin, à quelques volumes de Bergson, aux essais de Renan, à quelques dialogues de Platon, aux essais de Lavelle, Gaston Berger, et à tout un rayon de livres sur la pensée humaniste et chrétienne... Le rayon d'en face est réservé à la bonne littérature française classique et contemporaine : des romans de Pierre Loti, Anatole France, Maupassant, Fournier, Romains, Camus, Sartre, Guy des Cars (surtout Guy, qui, à lui tout seul, a un rayon qui s'étale sur deux mètres ; ses livres sont tellement demandés qu'on les trouve souvent en deux exemplaires : eh oui ! que ne ferait-on pas pour la culture !). Ils parlaient à voix basse. Il lui murmurait dans sa chevelure sa solitude, son espoir, sa tendresse. Elle baissait les yeux sans rien dire. Elle se sentait confuse. Elle devint toute rouge lorsqu'il lui dit : « Je voudrais voir ta poitrine. »

Cette année, il n'accompagna pas ses parents au moussem de Moulay Abdeslam. Resté seul à la maison, il put convaincre la fille de venir chez lui pour travailler ensemble un devoir de philo. Elle mit une djellaba, prit les livres de la bibliothèque et partit chez le garçon. Ils se mirent au travail en exposant chacun son point de vue du problème. Il lui prit la main et l'embrassa sur la bouche. Comme au cinéma, ils fermèrent les yeux. Lorsqu'il s'est mis sur elle, elle devint toute crispée et essaya de le repousser. Elle serrait les jambes l'une contre l'autre et éclata en sanglots. Le garçon, qui avait vite éjaculé dans son pantalon, cachait de ses mains la tache de sperme qui apparaissait au niveau de la ceinture. Il avait honte. Elle aussi se sentait envahie par une sensation confuse de désir et de honte.

Ce fut son premier contact avec un garçon. A peine effleurée. Un baiser et quelques attouchements.

Pour dix dirhams, une prostituée de la Mçalla lui ouvrait ses jambes dans l'obscurité d'une chambre de pension misérable. Il éjaculait assez rapidement et repartait en courant, trop déçu, trop dégoûté pour ne pas pleurer sa solitude. Pour dix dirhams, la femme ne se mettait pas toute nue. Il espérait toujours tomber sur une putain-jeune-et-compréhensive qui l'aimerait un petit quart d'heure.

Il lui fit du thé à la menthe.

Ils se regardèrent en silence.

Elle lui prit la main et la passa sur sa poitrine.

Octobre 1972.

3

ASILAH : SAISON D'ÉCUME

La lumière a pesé longtemps sur ma mémoire
j'étais démembré sur grains de sable
un corps d'encre
pris à l'argile du matin
pris à l'algue vierge
le jour
avec des gants
retire le rire
aux pierres de la ville

Le jour nu
suspendu
entre l'aube et la pierre
haut
dans la solitude de l'enfant
qui habite la gazelle
et désapprend le rêve

Le jour neuf frôle la vague
lèche les bottes des pêcheurs endormis
écarte les mains calleuses du manœuvre
il réveille les seins nus des jeunes filles qui font du
      pain
et se retire dans le ciel
où des enfants blessés
cherchent du feu

Terre pauvre
terre enceinte
un cœur plein de farine
l'amour ailleurs
dans le silence de la tombe
blanche la pierre du souvenir
le vent
retourne la vague
l'enfant
aux yeux noirs
très noirs
sourit

Le jour
malgré l'étoile
tient la vague et le vent
dans une même main
sur des murs
où le rire a gravé nos empreintes
nous avançons
pour le siège de la mer
et le bleu du voile
la mariée
court sur l'eau
nue sous l'écume

Un verre de thé sur la natte
le vent ramène le nuage bleu
égaré dans le bois
les vieux parlent du passé
les jeunes parlent peu
fument et rient
le ciel s'éloigne des sables

Les filles
à la chevelure rouge
attendent
l'âme voilée
elles lisent la ligne de la mer
derrière le voile blanc du songe
l'enceinte et les parfums des sables
allongées sur les méandres
bleues de la bise
des moineaux
se perdent dans leur chevelure
tressée de patience

Tous les matins
le soleil entre chez Si Lmokhtar
pille la mémoire du miroir
monte sur l'échelle
et s'en va en riant

Le silence d'une étoile
échangé contre un peu d'eau

Des enfants amants de la terre
marchent le pied nu sur l'argile humide
le destin tracé
sur aile d'oiseau migrateur

au loin
le jour se penche
pour effacer la pauvreté
et ramasser les figues sèches de la mort

Je tourne le dos à la ville
et parle avec la mer
retournée la voix
comme la vague
les épaves ont gardé les cicatrices
des mémoires vagabondes
l'écume vient déposer le sel sur l'ancre
épouvantail des enfants orphelins

La ville ferme ses portes
sur les enfants au front immense
mitrons
cireurs
gardiens de voitures
rire dans la barbe grise
blessures du ciel
qui se couvre d'oiseaux ivres
pour oublier les vents
venus saupoudrer la misère
et prendre les filles qui déterrent les cœurs chauds

J'ai dû
me rouler avec mes remparts dans un voile d'été
linceul rouge ou blanc
pour ne plus abriter
des chameaux aveugles
nés
d'un naufrage étrange
pour me rappeler
ma naissance vagabonde

La grenade rouge et juteuse
lourde de grains et de souvenirs
tombe avec la lune
dans les mains des enfants nus

L'épicerie de Si Abdessalam
Du vinaigre doux dans une bouteille en plastique
       National
des portions de savon La Main
un sac de farine Drissi
des allumettes Le Lion
une barbe grise toujours naissante
une main ouverte
le regard tendre
amical
fraternel comme le soleil
et une balance qui sépare le temps

Il quitta sa famille
laissa pousser la barbe
et remplit sa solitude de pierres et de brume

Il arriva au désert
la tête enroulée dans un linceul
le sang versé
en terre occupée

Il n'était
ni héros ni martyr
il était
citoyen de la blessure

Le cortège de femmes drapées de laine
apporte sa part d'orange, de figue, d'olive et de sucre
à l'homme absent
parti loin dans le froid et la solitude
extraire la houille et le temps
des ténèbres humides

La mort au bout d'un fusil
la ville dépecée
par un cri
un homme sur un cheval fou
réveille les pierres lourdes
on ne peut retourner un corps
tombé
le dos à la mer

Le temps passe à côté d'une barque
léchée par le sable
les vieux pêcheurs
les « mojahidines »
écoutent le vent gercer leurs blessures
d'autres
nomment le sel
déposé par les nues
sur les terrasses visitées par l'hiver
qui dit la mort
dans une goutte de miel

Le mur
habillé de chaux
compte les jours captifs de ses pierres
avec pudeur
voile la misère et la main qui se lève

La main
trace du soleil
arrête le mur qui avance
c'est une main
grande comme le rêve
tendre comme la forêt
elle a fait
du pain qui a le goût de la terre
et le sel du ciel

Cette main
se lève avec l'aube
fait trois pains
enfante toutes les semaines
une mémoire tissée de laine
c'est une pierre étoilée
pierre argentée
c'est la main ouverte d'une saison
à portée du nuage
fissure dans le ciel

C'est la fin de la journée
le poisson est rentré
la barque est repartie
les petits soleils s'éloignent
un grand verre de thé
pour réchauffer les mains et le front
la parole nue
on regarde la mer
et l'on parle de l'avenir
on joue aux cartes
on fume quelque pensée
les chats tirent l'azur
on ne regarde plus la mer
on regarde la télévision

J'étais prophète de la sagesse et de la vérité. Je possédais les clés de la ville. Maître des mers et des pêcheurs. Je suis aujourd'hui un cimetière en terre cuite. Le plus beau des cimetières où vient se dénouer la folie, où dorment des hommes fous de bonté, malades par amour, malades de raison.

Je suis le fou d'Aïcha
plus belle que la lune
pure comme ma folie
on a eu des enfants morts avec les fleurs
ils sont là
suspendus à ma barbe
je suis le fou de Rahma
bonne comme le pain
fertile comme la terre
oiseau dans mes yeux
ils disent que je suis fou
ce n'est pas vrai
je crie je pleure et me tais
je danse sur la flamme
et je parle aux morts
je suis une clé qui tremble
un livre ouvert pour les enfants qui ont peur
je suis le cimetière des pauvres
mais je ne suis pas une apparition
on dit

depuis que j'ai dormi entre les seins de Rouhania
il est fils de la solitude
tu sais
quand Nachoude, le vieux pêcheur, est mort, emporté
     par l'écume grise
on lui fit des funérailles grandioses
les chats avaient pleuré
la mer se retira du chant et la lune veilla longtemps
     sa tombe
moi je suis le sommeil coupable et l'exil des chiens
j'ai l'amitié des chats et des pauvres
toutes mes épouses ont été infidèles
sombrées dans une folie froide
des images et non des âmes
ils disent que je suis fou
alors que je suis seul
un peu triste
écoutez-moi,
je vais tout vous raconter...
je lui ai donné une chèvre...
non
je ne suis pas fou
donne-moi une cigarette et je continue l'histoire...

Encre de Dhia Azzaoui

Cicatrices
du
soleil

I

Cicatrices du soleil

Déposées sur le voile du regard
elles fument des pensées de sable
c'est la chute
la parure.

Suspendues au sommeil séculaire
elles retournent les racines d'une saison.

La terre
de connivence avec le ciel
retient la mer
délivre l'écume
retourne l'étoile tatouée sur notre front
« le front c'est le Sud ».

Un siècle en faux
labouré par l'écriture du ciel
un livre radié de toutes les mémoires :
l'imposture ;
l'œil recueilli dans une cuiller
donne au matin
la mort douce.

Que mon peuple me pardonne

Toi qui ne sais pas lire
                          tiens mes poèmes
                          tiens mes livres
fais-en un feu pour réchauffer tes solitudes
que chaque mot alimente ta braise
que chaque souffle dure dans le ciel qui s'ouvre

Toi qui ne sais pas écrire
que ton corps et ton sang me content l'histoire du pays
parle

Serait-ce illusion de l'arc-en-ciel
que d'être de toi
de ce corps qu'on mutile

Je lirai les livres à l'envers
pour mieux lire un champ de fleurs sur ton visage

Je parlerai la langue du bois et de la terre
pour entrer dans la foule qui se soulève

Je débarquerai dans les blessures de ta mémoire
et j'habiterai ton corps qui se tait
Nous dirons ensemble le printemps aux enfants des
   terrains vagues

Nous dirons le soleil moribond à l'astre qui se vide
Nous dirons changer la vie à la montagne anonyme
la montagne qui avance

Pendant qu'on classe les affaires courantes
on danse sur le dos uniforme d'hommes et de femmes
on rit et mange le foie des mères en deuil
Nous retournerons la bête défigurée aux archives des
ministères

L'histoire n'a plus l'intention de bouger
elle s'accroche aux fibres de la mort
et préside la séance d'ouverture à l'abattoir de la
ville

Notre histoire est un territoire de plaies que ferme
un printemps d'euphorie

Souviens-toi
on s'en allait dans les champs semer l'espoir
on retournait la ville comme la terre enceinte

on découvrait des arbres sauvages prêts à percer le
ciel
et des milliers d'épaules volontaires pour porter ce
pays au faîte du soleil
on croyait à l'aurore diamantée
l'aube pointait à l'appel des enfants
la rue dansait sur nos bras
on oubliait que la lumière pouvait enfanter une
âme étrange
on se soûlait au feu pour mieux enlacer le lustre du
ciel

Et puis la ville et le ciel se sont décomposés
le rêve brisé coulait sa peine dans les ruelles désertes

Le peuple a ficelé l'espoir à l'attente
                        allonge les vendredis
                        boit le rouge
                        fume le kif
                        mange les vers de terre
                        et prend le soleil

les autres
mains et sexes corrompus
jouent notre mémoire au poker

notre mémoire se fane
notre mémoire sommeille

Peuple
ma tête est lourde
elle est charogne
elle pue le verbe
elle tombe

je la donne à la vipère maudite

notre folie
notre colère
enlacées à la vipère maudite.

Marrakech l'œil

Et la horde s'installe au centre de la fissure en sang
   l'œil recueilli dans une boîte métallique et la mémoire sur bande magnétique
il va falloir se déplacer et suivre le chameau hagard
   qui pétrifie l'image et la parole
Rouge-pâle tes murs
et tes palmiers fatigués
                              le ciel choisit la teinte
l'ordre n'est pas de chez nous et si un enfant peut
   étrangler son cou avec ses chevilles tant mieux
   on reconnaît la qualité du spectacle
                                 l'idée-flash
Qui dira ouelad sidi hmadou moussa une légende

Reprenez vos sacs de boniments et rentrez chez vous
   mais voilà
                  que le chant de la source vous pour-
                  suit et vous jetez une boîte de sardines
                  à la face retournée
regardez cet homme
                  il vous berce dans sa folie mercantile
suivez son regard
                  lapidez votre progéniture
                  donnez votre front à tatouer
                  et revenez exhiber vos sexes dans la
                  foule qui s'est arrêtée levez la main
                  droite et dites avec moi

demain notre violence en équation
la koutoubia à domicile
les tombeaux saadiens en miniature

Vous partez/
            le djin borgne à vos trousses
mais ouvrez votre poitrine et mettez-y un peu de
  notre verbe

Témoignent les étoiles

Place ivre/
           tourne et se retourne
Terre trouble/
             où est ton errance
Les serpents bavent sur ton ventre
et tu roules dans ton voile sans pudeur
strip-tease du crâne qui se fend
le ricain tire sur l'africain sauvage quelle merveille
  photo du maroc ma déchirure sacré sauvage à
  jamais rebut darde la haine rime le marasme
festival du ventre ouvert lapidé peau noire et hommes bleus foire de la mémoire inondée exhibée
  charme la terre enceinte et qui tremble

tes enfants ne savent plus où donner du feu
tes enfants refusés à l'âge interchangeable
glissent entre les rayons d'un soleil légen-
daire et viennent frapper un à un à vos
portes éjectés de l'Enceinte
bâillonnés du temps

on les ramasse avec une pelle
           comme des chiens écrasés
                  l'aube.

**Des choses
cet été
Marrakech**

Depuis que nous fabriquons des soleils à volonté
des soleils prêt-à-porter

                    dans l'ordre de la clarté et
                    de la lune mesquine

des chevaux pure race

             habitent notre rétine

des palmiers préfèrent l'exil au ciel ouvert

              nous envoient la pitié en
              crachats doux

Depuis que l'oiseau a fendu la lumière de notre
  blanche torpeur

Depuis tant et tant

              foules
              hordes
              poitrines collées à l'asphalte

La flamme, l'aurore et l'espoir
ne sont que des vocables qui caressent les fesses des
  tortionnaires et chatouillent leurs aisselles salées

ils rient du verbe et du courage
et s'aspergent de bière fraîche :

Du bois sec à la place de la langue
la salive amère dans les yeux
un bout de rêve reste accroché à la lumière du matin
  et puis les murs ne bougent plus.
C'est l'accalmie.

Nous sommes coincés dans l'étau du silence / l'air
  passe par le condensateur / se charge de toutes
  les sentences / vient habiter nos corps.

D'une nuit à l'autre.
La chaux fait des trous dans les corps
          des fleurs folles poussent dans les trous
          béants que draine l'horizon.

Et le soleil ?

Immobile.

Consent à brûler les pages du poème.
En attendant il a adressé un télégramme de soutien
  et de félicitations au patron du Club Méditerranée
  de Marrakech
C'était à l'occasion du viol de quelques femmes du
  Sud.
On fit venir la mer jusqu'à Marrakech. La place
  Jamaa-el-Fna était devenue une immense plage
  de sable chaud et fin. De leur balcon les membres
  du club pouvaient plonger dans le ressac de la mer.
En fait depuis que le club s'est intégré à la vie
  commune de la ville, on a surnommé la place

Jamaa-el-Fna « Place de la Compréhension mutuelle ».

Les touristes étrangers disent aux arabes : « mon
   frère », « mon camarade ».
La honte et le silence.
Immobiles.
D'autres se faisaient sauter les testicules avec un
   chalumeau.
Les murs parlaient.
La pierre témoignait.
La lumière saignait dans les yeux.
Le pouce et la face apposés sur mille et un procès-
   verbaux.
Déposition du crépuscule.
Déposition du sang noir qui sort glacé.

Et la mer vient caresser notre front collé contre la
   pierre.
Les vagues chantent et bercent le sommeil tendre
   des gens du club.

Main étrangère ouvre ton ventre
                              fouille tes tripes
y trouve matière et pièces à conviction
y trouve une caserne souterraine.

Main gantée te confond avec la pierre.
Tu consens à brûler dans la chaux vive.
Tu prends ta tête et la déposes sur le banc des
   accusés. Il en sort des milliers d'enfants nus.
Tu te dis : elle n'est pas vide ma tête. Elle bouillonne.
   Elle appelle les hommes courbés dans les champs
   nus.

A côté c'est la mer nouvellement importée. Fraîche
et monotone.

Il n'y avait jamais de lune à Marrakech.
A présent en plus de la mer, nous aurons la pleine
lune une fois par semaine.

Pour le moment nous n'avons plus de sang. Nous
n'avons qu'un liquide jaune. Notre sang a été terni
par le soleil. Quelle histoire !

J'ai vu un juge en bonnet de cuisinier dresser un
âne pour le berlin-circus.
J'ai vu l'instance divine manger un oiseau vivant
sur les genoux de Harrouda-la-Destinée.
J'ai vu
la mort nue assurer la garde des prisonniers.
La mort blanche
s'installer dans leur regard leur proposer un compro-
mis.
J'ai vu
la mort bleue faire les cent pas devant le box en
cristal
elle colorait vos yeux.
Je sais
vous avez choisi le silence au bout de la corde dans
l'oasis de votre cœur
vous soulevez la terre
                        et interrogez les pierres
elles vous diront le Livre
elles vous diront l'histoire en haillons
battue comme la terre rouge
la terre qui parle aujourd'hui.

Nous laissons aux « marchands des jardins et des
   sables » les filles nues du désert
les filles qui dansent jusqu'à l'aube la mort / l'ennui / l'oubli / la mémoire charcutée

Nous vous laissons

les épices venues du fond de l'Orient au pas noncha-
lant des caravanes — cumin — girofle — femmes
voilées — sexes doubles — roses séchées — ambre
— cocacola de notre pisse — racisme à la cannelle —
henné à l'aurore inerte — complot à l'encens pur de
La Mecque — benjoin à la lyautey — santal à la
sueur du prolétaire accusé de fomenter des troubles
— olives marinées dans le jus violacé de notre sang
— blennorragies étoilées — bois de thuya de cèdre
et de citronnier à la salive complice de la rancune
du chameau — des ruisseaux à emporter — l'ombre
épaisse de l'erreur — la mort musulmane livrée en
blanc sans pleurs — sans youyou

          — la mort musulmane calme et douce face
       au levant —

notre monde possédé se livre à l'énigme où la mémoire porte le deuil.

Les cigognes ne s'arrêtent plus à Marrakech.
L'arbre siège en observateur neutre.
La grenouille témoin à charge.
Une main de faïence accuse.
Un crâne récalcitrant confirme.
A chacun sa justice dans la parodie du ciel.
Le crapaud conteste.
On invoque le soleil et la suite. Absent.

La mer arrive.
La mer monte.
La mer avance.
Les enfants nus derrière.
Il n'y a plus de place publique.
Il n'y a plus de plage.
La mer arrive au grand boulevard.
La mer avance.
On invoque le Coran.
Le Livre se ferme.
Les vagues emportent le tribunal.
Le juge s'enroule dans l'algue.
Les greffiers ont pris le large.
Le sel marin a dissous les chaînes.

L'écume de la vague envoie son premier communiqué :

> *A nous le pain et la terre.*
> *Nous réinventerons le soleil sur carte perforée*
> *par la liberté.*

Marrakech se relève.

Cette année l'été a eu le goût des figues.
Les nuits n'étaient pas fraîches.
On ne sortait pas caresser les étoiles sur la dune.

A présent les nuits sont à l'usure du roc.
C'est la cécité
pour l'astre qui s'agenouille.

de toutes les durées
ils ont élu la blanche couleur continue
pour que se dédouble la vie
sur fond de nacre

Au café

Je dirai d'abord tout ce qui n'est pas encore mort dans ces corps calcinés par le soleil et l'ennui. Ces corps en bois accrochés aux étoiles lointaines et complices.

Je dirai aussi le silence. Un territoire immense de neige et de glace. Un territoire sans visage.

Dans ce territoire, des cafés, des cafés maures, des terrasses de cafés. Des déserts d'hommes assis à même le sol, les jambes croisées. D'autres sont assis sur des bancs comme dans une salle d'attente sans porte ni fenêtre. Les regards parallèles viennent creuser des tombes pour des doigts qui tournent dans le ventre ou font des cercles dans le vide.

Des hommes accroupis dans le silence. Ils se donnent au soleil, sans rien en attendre. Ils ont les mains sur la tête que retiennent les genoux pliés. Il leur arrive de déplacer le bras, juste pour chasser une mouche. D'autres s'agitent un peu et semblent attendre quelqu'un ou quelque chose. On leur a dit qu'Il viendra. Du ciel ou de la mer. Mais Il viendra. Peut-être qu'Il surgira du feu ou de la source. Ils fixent les choses et parfois posent leur regard accusateur sur les passants indifférents. Ils se grattent le dos, la poitrine, le ventre et le bas-ventre. Etalent leurs mains. Ecartent leurs doigts. Des mains qui ont vécu. Des mains qui ont façonné et épousé la nature. Des mains grosses de mémoires douloureuses. C'était là leur territoire. Les hommes déposent leurs mains devant eux. Ils présentent sur le marché leur seul bien, leur gagne-pain. Mains ornées, tatouées par les servitudes caïdales, et par le temps. Ces mains imprimées dans l'espace défient le soleil. Il faut s'approcher de ces mains, en boire le teint et suivre les mille petits chemins imprimés sur tout le corps. Il faut les lire, les déchiffrer, en faire une somme, en faire une différence. Il faut ensuite aller au-delà de la peau et écouter les membres qui murmurent. Pour l'instant les mains sont là. Elles refoulent la malédiction, décomposent le destin et articulent la fatalité. Elles sont l'Œil. L'Œil multiple.

Dans le café, la mémoire usée sommeille.

On bourre un sebsi. Avec l'index on tasse le kif. On regarde le sebsi. On le considère. On allume le kif. On tire une bouffée, puis une deuxième bouffée. On aspire profondément et on passe au voisin. Il ne lui reste guère plus d'une bouffée. Il bourre un sebsi. Il tasse le kif avec l'index. Il allume le kif. Il tire une première bouffée plus une deuxième puis passe au voisin.

Le regard se pose sur le thé.

Le regard se pose sur la table.

Le regard dure. Le thé refroidit. On ne perçoit plus le verre de thé. La table devient un autre territoire. Elle prend d'autres dimensions. Refoulé, le regard se repose puis s'évanouit dans la brume d'une pensée. Une autre pensée le ramène. Le regard s'arrête sur une mouche. Une autre bouffée puis la parole. La parole qui va et vient. La parole réduite. La parole nue. Le corps détendu. Le mot part de la mouche et se perd dans la fumée du kif. Sur la table se posent une école, un hôpital, un territoire humain. Rêvé. Murmuré. La mouche s'envole. Reste la table en bois usé. Dehors le vent souffle sur des corps nus qui occupent la place Jamaa-el-Fna.

La parole. Dieu. Son prophète. Une virgule. Une gorgée de thé. Le geste. La différence bue. Les caresses de la fatalité. L'envol désespéré du destin. La mort irrémédiable. La mort sur un plateau vert. La fatalité envoie l'écriture. Enfin une dernière bouffée de kif.

— Et la santé ?

Quel est son état, la santé ?

Le geste lent traîne sa durée en pointillé sur les regards vitrés.

— Grâce à Dieu-Le-Tout-Puissant, la santé est bonne. C'est tout ce qu'il faut demander. Après tout la santé c'est tout ! Sans la santé on n'est rien ! Dieu nous la laisse tant qu'on est bon.

Une abeille tourne autour du verre de thé.

— Ne demande à Dieu que la santé. Le reste vient après. Dieu ne peut pardonner qu'on le quitte. Rappelle-toi Agadir. C'était le châtiment anticipé.

L'abeille s'accroche au verre. Au moment où elle parvient à jeter sa trompe dans le thé, elle glisse et tombe dans le territoire sucré et marécageux.

— Le temps passe. Il passe en nous. Il passe mieux depuis que Al Imam a confisqué les montres des citoyens et arrêté les horloges de la ville. C'est une bonne chose. Le temps ne nous appartient pas. Le temps comme toute autre chose appartient à Dieu. Depuis que le temps a disparu de la ville, les astres ne nous concernent plus. Après tout pour quoi faire ?

Que faire d'une journée ? Laissons-la passer. Elle passe avec ou sans nous.

— Il ne faut surtout pas se fier au temps. Il est traître !

L'abeille se débat sur le dos dans la mare. Elle lutte et bourdonne.

— Et le travail ?

— Oh ! le travail, c'est une autre affaire. Qui pourra refuser de travailler ?

Le thé refroidit. Le ciel devient pâle. La parole va et vient.

— De mon temps le travail...

— De notre temps le travail...

Il lui tend un sebsi. La fumée en nappes serrées accompagne la parole.

— Dis-moi, tu as des nouvelles de... ?

Dehors un cortège funèbre traîne la charogne d'un mulet.

— Toujours en prison. Il a fait de la politique. Il avait tout : la santé, le travail, la famille... Il n'a pas su louer le Créateur !

L'autre se mouche. Il se mouche longuement et bruyamment. De son nez tombent quatre petits vers qu'il camoufle dans un mouchoir.

— Oh ! tu sais, ils avaient des armes ! Ils les avaient cachées dans leur corps.

L'abeille n'essaie plus de se relever. Elle se laisse bercer par les feuilles de menthe noircie.

Le cortège funèbre envahit le café, clamant : « Nous sommes à Dieu. Nous retournons à sa Cité. » En partant ils laissèrent par terre la queue du mulet.

— Nous aussi nous sommes des serviteurs de Dieu. Mais nous ne traînons pas derrière nous une charogne.

— Donc ils avaient des armes...

Le garçon du café intervient :

— Il nous reste le cimetière et ce paradis qu'on piétine. La politique, nous en faisons tous ! Moi j'en ai assez de mourir dans mon corps. Regardez bien tous ces vers qui sortent de notre corps. Nous sommes réduits à les produire et à les manger pour ne pas mourir. Il ne nous reste plus que cette queue de mulet. C'est notre destin. C'est notre santé. Quelle beauté... Le soleil nous a tourné la tête et le corps. Nous mourons un peu plus chaque jour. Moi je chie des vers ; je crache des vers ; j'ai plein de fourmis dans l'anus. Je pue la mort. La mort lente. La mort qui dure. Moi je mets le feu dans les nattes, les tables, dans tout le café. C'est fini. Je me rends. Je me constitue prisonnier. Je suis coupable. Nous sommes tous coupables. Demain ils seront mille, puis cent mille, puis un million, puis plus d'un million... puis tout le monde. Le tribunal ne nous contiendra plus. On fera craquer les murs de l'enceinte. Toute la ville deviendra un immense tribunal. On ne pourra plus nommer les accusés. Ils n'auront pas de nom, pas d'âge... rien. La santé, je vous la laisse. Je vois, je devine. Vous ne pourrez plus retenir votre diarrhée furieuse parce qu'il faudra chanter en chœur. Mais je vous permettrai de troquer votre corps qui n'en finit pas de se décomposer sous vos yeux, de dégager cette puanteur qui vous étrangle, contre une queue de mulet. Regardez le ciel s'ouvrir. Il vous donne une pierre noire. C'est la malédiction. Le blé de notre faim devient cendre. L'herbe de notre attente meurt. Je refuse d'être un homme que les jours achèvent. Je refuse la langue pendue au fond de la gorge. Comme des crapauds nous restons accroupis, la tête entre les jambes. A genoux nous nous mettons à jouir en suçant les sèches mamelles d'une gue-

97

non. Nous avons cru, comme les autres, à l'auréole diamantée du rêve. Je quitte le jour et repousse l'horizon. Je retourne le silence en un éclat de rire. Vous qui siégez au niveau des nuages, apprenez que la garniture de votre cerveau fond comme la cire à l'approche du soleil. Je ne suis plus ce rêve bleu en miniature. Je ne suis plus un cri solitaire qu'on maquille. Ecoutez le cri lent et douloureux du béton. Toute somme pulvérisée. La chute. Manifeste second du sol.

Il est né soudain une arborescence en acier avec des milliers de fronts. Un point noir, épicentre de seins où toute mémoire échoue. Des soleils se sont dressés interdisant le passage aux corps larvés. Il est né ensuite des volontés lapidaires décidées à la révision des corps avec possibilité de ressusciter pour une nouvelle mort.

Il y a eu surtout des oiseaux qui ont circulé de poème en poème et ont fait la tête au ciel, emportant des grenades sous l'aile. Leur chant a élu notre territoire comme patrie. Leur chant rappelle le ventre nu à l'orée du matin. Il rappelle le sommeil de l'arbre. Il rappelle le printemps qui recule. Le printemps inutile.

— Il est fou le poète ! habité par les jnouns ! possédé par les vieilles !

— Qu'il accroche cette parole de Dieu autour du cou...

On lui tend une page du Coran qui a fonction de talisman protecteur contre les tentations et les idées subversives.

Le poète ligoté attend dans un coin du café.

Etourdi par la fumée du kif, il perd le regard et s'asphyxie en silence.

Le corps s'ouvre et libère le poème.

Le corps se referme et pointe le doigt sur une rue née de son délire.

L'imam appelle à la prière du haut d'un phare en carton-pâte érigé par la Paramount pour les besoins d'un film sur les corsaires. A cet appel, les hommes quittèrent la place et désertèrent les cafés. Ils séquestrèrent l'imam et improvisèrent leur premier meeting dans la cour de la grande mosquée.

II

L'homme éclaté

La foule expulsée de ta peau ne connaît pas le matin
   s'en va étaler son front sur la place tournante
tend la main à la pluie pour la bénédiction nécessaire.
La foule de nos matins qui ramènent les épaves de
   la nuit
bâille pour l'agonie qui suit.

        En fait elle a trop couvé le silence des
        enfants dénudés, le poids de l'ouverture
        banale dans le dos.

Foule
tu plonges tes membres dans les écarts d'une violence
   que tes filles scandent sur la tête du cyclope
   arriviste.
Tu restes courbée dans ton errance
        dans les méandres du siècle indigne
tu te retournes et maudis l'œil qui regarde du fond
   de la tombe.

        C'est l'œil obstiné
        l'œil du mort tournant le ventre face
        à leur pornographie télévisée.

tu maudis les cieux pour l'ivresse des litanies
tu maudis le verbe et l'écriture
tu maudis tes fils qui ont défait ton visage
Tu te souviens
le crâne a dit. Le crâne a écrit. Le crâne a soufflé
dans le ciel. Le crâne a coïté avec la terre. Le crâne
a décidé la nuit et divisé la ville. L'horloge rend la
sentence : le cerveau a moisi. Sous l'écorce la peur.

> Pendant ce temps la foule, nue, se vend.
> Elle se vend à toutes les langues. Elle ne
> se souvient plus. Elle règne sur la colonne
> vertébrale de l'homme éclaté.

Race
ramenée aux dimensions d'un autre voyage. Je l'écris
et le dis à l'appel de la foule qui récapitule mille
légendes, légendes vouées à la vertu incendiaire,
vouées à l'amnésie.

Les rues se vendent et l'air se raréfie.
Survivent les arbres et les machines qui donnent sur
le précipice.

Foule
je t'annonce sur mes quatre horizons et je refais la
rumeur, le geste brûlant, l'animal suspect.
Ils fixent la rançon pour te voir ramper
pour faire lever le soleil
pour jeter tes fils dans la chaudière du bain maure
ils te lapident en effigie dans les piscines propres et
les parcs de la tendresse
ils lancent les appels au plus offrant pendant que tu
arbores l'illusion triste

ils dansent sur les fragments des hommes par-dessus
   la rivière obscure
ils dansent sur une mer d'yeux dans un sac de sable
ils bénissent les statues molles et les créatures aveugles

et ils racontent

il était une fois; il sera toujours une fois; rien qu'une
fois ; un monde roué ; une énorme plaisanterie ; un
holocauste ; un pacte avec la damnation ; contre les
gorges du Sud ; contre les rivières colorées ; contre les
murs qui résistent ; un pacte avec Kandischa l'araignée...

Mort d'un charlatan

1. Que ne puis-je être de ceux
   qui se consument dans l'opium quotidien
   vont de café en névrose
   de névrose en suicide
   ceux qui assistent le cœur ficelé
   le crime pardonnable du charlatan qui crée la
      foule le mythe et la légende.

2. Homme aux nattes tressées
   homme au crâne fendu
   tu avales une poignée de clous et de mots
   arraches tes paupières
   épingles ton front sur dos de dromadaire
   creuses une énigme dans la paume de la main
   tu exposes tes tripes au soleil.

3. L'homme au crâne fendu avale une boule de feu
   ne tend plus la main
   ne parle plus aux nuages
   mêle la pierre au chant des femmes de l'Atlas
   hurle :
   « La vérité et les roses logent dans d'autres cieux
      pour d'autres peuples ! »
   hurle dans le harem du maître :

« Femme nue des rêves en cendre
reviens percer mes veines
reviens me conter l'histoire du mirage étouffé
Mohammad prophète
et moi
son serviteur
usé par la prière et l'attente
je tourne sur place au rythme de la gorge tranchée
j'invente des moussems à profusion. »

4. Et toi
   Ya Moulay Abdeslam !
   Ya wally-Allah !
   Je ne me roulerai plus à ta face murée
   je ne me crèverai plus les yeux pour ton souvenir
   révolu le jour où pour ton étoile
   je me nourrissais d'herbes sèches et de serpents
      venimeux
   révolues les nuits où
   je dormais dans le gouffre d'immondices pour
      mériter ta bénédiction
   Ya wally-Allah !
   je t'adresse mon dernier salut
   il contient le verbe subversif
   je dis à l'ombre de ton regard l'imposture.

5. Et toi
   Ya Moulay Abdelkader !
   où as-tu mis ma corde incantatoire ?
   qu'as-tu fait des filles éteintes pour ton amour ?
   où as-tu enterré sabres et fusils ?
   où as-tu voué ta miséricorde ?
   jusqu'à quand vas-tu bercer notre mémoire sur
      les chemins d'un paradis en carton-pâte ?

6. Les cisailles avancent sur mon corps
   ma déchirure se ferme
   le sang se coagule sur le tissu de ce que je fus
   la mer largue les saints dans un bal masqué
   O vous ! serviteurs de Dieu et de son prophète !
   levez la main
                   la main droite, la main pure
   priez une fois ; priez deux fois
   et vous verrez le miracle sortir en pointillé mor-
      dant sa queue
   priez pour la mémoire de tous les saints sur une
      piste de danse
   priez pour qu'ils réintègrent le ciel
   apprenez que la foudre a changé de pôle et de lieu
   apprenez mes frères : elle est séisme !
   elle sort de dessous les dalles ; elle vient du fond
      des abîmes ; sourde et froide.

7. Les saints sont morts.
   Je ramasse leur cendre dans un couffin.
   Je suis seul.
   Je n'ai plus de foule.
   Je n'ai plus de mythe.
   Je suis triste.
   Je mange la cendre des morts.

Toi que je dépose sur la vague
        épurée l'écume de l'oubli
Toi que j'annule au laser de mes fantasmes
Toi que j'opère dans la fosse et le soupçon
je te vends à l'océan migrateur
        pour les jours morts à tes pieds
        pour le ciel et la pierre cancéreuse
        pour un pays ficelé à tes rêves
        pour la ville à l'auréole meurtrie
je te donne au tourbillon des animaux célestes
        dans la nuit indigente de ton zoo
je te fais dans le spasme de la mémoire
        sur la suite au piano de ton calvaire
je perce tes chevilles

        et dure l'envol
        comme l'arbre se pose au matin
        l'envers du soleil

notre soleil est une carte postale devenue ville

j'écourte le temps de tes orgasmes à la cassure imitée
comme le feu étouffe la morsure de la nuit
j'habille tes projets d'une coulée douce
        à la tombée de tous les crépuscules
pendant que les souks regorgent de membres pour
  infirmes

pendant que le sang se coagule et nous intente un
   procès
            à l'ombre du refus
            à l'ombre des étoiles piégées
tu ouvres nos cicatrices avec une seule dent
            pour nourrir l'attente et peindre l'arc-en-ciel
            de notre substance verte
            de notre sperme nul
et l'on vient en caravane
            se mettre à genoux
            avancer à plat ventre
            déposer notre langue au vestiaire de la ville
            brûler nos cheveux et dépouiller le corps
et l'on se tient immobile au bord du puits
            notre abîme est ailleurs
            dessiné sur l'horizon voilé
            sur notre dos
            dans nos mains qui découpent le ciel
l'œil-revenant sort des mosquées pour blasphémer
il montre d'un doigt le printemps des autres
l'œil-anonyme trace des sillons dans les mémoires
   ensablées
            dresse les soleils
            retient l'injure
            noue les hommes à la terre
l'œil-éphémère descend comme l'étoile
            à tes pieds

commence la brisure.

III

Fès ville répudiée

Ville sentier de dédale où le désert se replie
Fiction qui adulait nos rêves

Ville au seuil les égarés
nul refuge que le matin étalé

Ville sans terre
une légende à chaudes larmes
gorgées amères d'un soleil refusé

Ville j'ai appris ta colère à même le feu
j'ai appris l'aube et tes rues qui se donnent

Ville, mille et une nuits quotidiennes
tu n'as plus que les enfants pour otage
l'exil sur tes cimes
l'oubli en échange

Je reviens sur tes pas
mon itinéraire a commencé il y a bientôt mille ans.

Je dis la ville
et te donne ma mémoire

c'est une enfant enceinte venue de tout astre
où j'ai perdu verbe et corps
déposé les armes veine à blanc

Je dis la rue
et te donne ma démence
rime prodigue dans le murmure du sang
égrène ses destinées sans jamais baisser le front

Je dis la horde
et te donne le ciel
où il n'y a plus que suicides et étoiles meurtries

Nous ne dirons pas le printemps
ni les autres choses
qui font rêver et mourir

Nous disons aujourd'hui le silence
et sortons des archives
les coudes serrés.

Fès ô ville des villes
aimée et répudiée
tu n'as plus de berceau
tu n'as même pas tes ruelles à pointer sur des corps

A l'envers tes minarets
                    fatigués
                        momies d'un regard hirsute
se donne la mitraille légendaire
et mémoire en exil

Tes murailles exportées
sur dos d'hommes

au pays qui n'a pas faim
pendant que chevaux de race
lancent flammes sur légendes bariolées

La fissure fait son chemin
entre la pierre et le sang paisible
des mots s'accumulent et vous barrent la route
comme au temps des invasions séculaires
ou de l'erreur prise en héritage

Veuve sur le marché des esclaves
à dire ton nom
                 te détruire
et sur tes ruines un feu avec les os des ancêtres

Veuve et tes fils mariés au ciel moribond
laissés à l'oubli en instance de la démence

Veuve enfin sur tes cimes à la racine de ce que nous
   fûmes pierre
dédale
       un peu de cendre
Dans la rue qui s'insinue en spirale
et s'arrête au seuil du souvenir emmuré
de là l'odeur de tes remontrances
au jour du moussem des moussems
Ya Moulay Driss
tes enfants s'affolent déjà
          quel destin mettre en poche
          quel avenir incruster sur tes murs/amnésie
une parole à suspendre entre les yeux
et la ville s'élève pour partir vers d'autres sites
les puits ne sont plus des puits
mais des réserves d'étoiles
           à distribuer aux enfants faméliques

le feu se noie dans le repos d'une larme
à planter au-dessus des flots qui avancent dans vos
   rêves jusqu'au matin du fanal
un matin éventré par vos larmes à genoux

O ville des villes
Tu portes en toi l'absence
et tu règnes à peine sur tes cimetières
tes remparts s'inclinent
                    pendant
que des étrangers sortent de l'étuve
                              parés
Il ne m'est de toi que l'amnésie
conquise
répudiée
sur monts arides.

et te donne
mémoire cinéraire
à l'appel de l'écume tremblante

Les chameaux

La tradition veut qu'une fois tous les deux ans on égorge un chameau. Sa viande est mise en conserve dans des jarres. Elle constitue une des meilleures provisions pour les hivers difficiles.

Cette année-là, les chameaux étaient rares sur le marché. On disait qu'ils ne voulaient plus quitter le désert : ils ne pouvaient tolérer les profils tristes de la ville répudiée. Seul, un chameau hagard somnolait sur la grande place. Sa tête balançait dans un rythme lent. Il était absent et voguait dans une tendre indifférence. Les palmiers flottaient dans l'attente.

Pour le ramener à la maison, il fallait traverser toute la ville et surtout circuler dans des ruelles basses et étroites. Pour éviter toute résistance, une chamelle ouvrait le chemin. Le chameau la suivait en toute quiétude. L'astuce était devenue une coutume et chaque chamelier avait sa chamelle pour assurer les livraisons à domicile.

A la maison, parents et voisins étaient réunis. Des couteaux aiguisés luisaient et l'eau jaillissait du centre de la grande cour. On vit d'abord entrer la chamelle, agile et mince, un peu désorientée. Des râles langoureux nous parvenaient de la rue. Le chameau poussait des cris pour protester contre son maître

117

qui le piquait à l'anus pour l'obliger à se plier et entrer dans la maison. Il fallut utiliser une technique de torture et de persuasion pour le décider à franchir le seuil. Il continuait de pleurer. La chamelle était repartie. Le chameau ligoté se résolut à l'agonie. Les couteaux luisaient et l'eau coulait dans la douceur du soir.

L'attente.

Un long calvaire devait déboucher sur le sang d'une autre nuit. Coulaient les larmes en silence pendant que le ventre bougeait et se frottait contre le sol. Durant toute une nuit, il essaya de faire remuer sa folie pour tourner en dérision la sagesse et ouvrir l'œil sur une nouvelle amertume. Dans un geste inquiet, profitant de la rime argentée du ciel, le chameau déposa sa mémoire devant lui, une mémoire lourde de quelques décennies. Ebranlée et scandalisée par le silence des étoiles, elle se mit à se vider de ses viscères. Toute la nuit, les murs ont retenu et le sable s'est souvenu.

La bête qui subit, la bête qui renonce, se tait et s'agenouille, la bête qui attend, la bête qui se plie et qu'on charge, la bête qui résiste et endure, la bête qui compte les mirages, se nourrit de glands et de l'insouciance de ceux qui la montent, la bête souffrant la soif, les déserts et rêvant d'herbe fiévreuse, la bête qui pleure et languit, se relève et décide le refus.

La mémoire rappela des lointains le premier fardeau qui pesait une ville entière et l'homme introduisant un piment rouge du Soudan dans l'anus de l'animal pour accélérer la marche. C'était le temps de l'attente traîtresse ; les racines de la haine étaient encore vertes. Le ciel se colorait de l'œil brûlant de la légende, et l'animal se gavait de douleur mesurable. C'était encore l'enfance de l'erreur, la blessure aux flancs annonçait un bonheur multicolore. Chaque fardeau était un rayon à poursuivre, une voie à mâcher. Ce n'était pas encore l'usure, c'était juste le début d'un songe. Le dos se fissurait. Des petits lézards trouvaient refuge dans les premières rides.

Le chameau ne pleurait pas encore.

Le deuxième fardeau n'était pas lourd mais puait la charogne du maître tué par les patriotes. C'était un chamelier trafiquant d'armes au service de la secte de Zaïtouni, qui avait opté pour la collaboration avec le colonisateur et la liquidation des résistants. Le chameau courait dans la solitude du Sud vers le premier rivage. Les premiers hommes rencontrés le débarrassèrent de sa charge et devinrent ses nouveaux maîtres. Ils le faisaient s'agenouiller pour leur plaisir, lui donnaient à fumer du kif et à boire du mauvais vin. Ensuite, ils le laissaient tourner au soleil. Le soir, ils le ligotaient et enfonçaient dans sa croupe le manche d'un balai enduit de piment. Il avait appris à pleurer et à mordre. Devenu rancunier, il fut vendu à des nomades.

Sitôt chargé, il se hâta vers le désert où il se plaisait à provoquer des mirages. Il connut tous les soleils et rêva d'en porter un sur le dos. La lune l'énervait : elle se taisait.

Un jour, il s'évada du camp et alla à la recherche d'un puits. Il en trouva un non loin de sa démence. Il se regarda longuement dans l'eau et soudain lui apparut une vipère. Elle n'essaya pas de le mordre mais lui proposa un peu de son venin :

pour crucifier l'espérance vide
pour surprendre l'œil et la nuque
pour empoigner le soleil au couchant

pour brûler joug-harnais-et-rêves-amidonnés
pour ne plus rêver votre race
pour l'effigie retournée de qui nous torture...

La vipère disparut.

Le chameau revint au camp avec une dose de venin dans les dents. Il ne s'agissait plus de mordre par simple rancune. La nuit, il communiqua la nouvelle aux autres chameaux qui se précipitèrent en masse au puits. Des dizaines de vipères les attendaient. Les dons étaient tellement généreux que certaines vipères se vidèrent complètement et s'attaquèrent à leur progéniture sans pitié. La nuit s'était levée sur ce marécage, le plus hideux qu'il ait été donné à un œil d'observer à la veille d'une faillite irrémédiable. Pour finir, elles se résolurent au suicide en provoquant hérissons et porcs-épics.

A l'aube, les chameaux décidèrent de perturber les rêves tranquilles en pratiquant sur leurs maîtres la morsure libératrice. Les maîtres n'hésitèrent pas à se mettre à genoux pour supplier les chameaux menaçants :

Si ce n'est que nous humilier que vous désirez, nous sommes prêts. Nous irons jusqu'à renoncer à nos privilèges légués par le Seigneur, rectifier certaines choses, ne plus vous vendre en pièces détachées ni vous charger de chardons, nous jurons même de ne plus utiliser le piment rouge du Soudan, ni vous mettre sur le chemin des abattoirs ou faire des spéculations sur votre bosse. Nous vous promettons une amélioration de la nourriture et surtout de beaux voyages. Plus jamais un touriste ne vous montera.

Plus jamais vous ne poserez pour une ca-
méra et surtout vous ne serez plus violés
par la lune. Croyez-nous, nous sommes
sincères. Nous reconnaissons nos erreurs.
Nous sommes prêts à signer avec vous un
pacte. Renoncez à vos desseins criminels.
Dénoncez ceux qui vous ont intoxiqués. Ils
ont dû être parachutés de l'extérieur. Alors
vous acceptez ?...

La horde indifférente encerclait les maîtres age-
nouillés. La tente flottait dans les nuages. Les dents
déchirèrent djellabas et burnous. Les maîtres ne pouvaient même pas crier. Tout en pratiquant la morsure à la nuque, les chameaux les sodomisaient. Les
hommes étouffaient sous le poids tout en se sentant
transpercés. Les yeux roulaient sur le sable. Le vent
était doux. Le soleil bénissait l'initiative et nommait
l'insurrection.

Mêlés à l'aurore, ils déchargeaient leur ventre de
l'impatience usée et des fleurs artificielles, préparant
une nouvelle tempête. Certains enfantaient des crapauds pour la tendresse future et rêvaient des mers
lointaines. Ils étranglaient le cou à la pitié venue
de la lune et disséquaient l'œil froid qui prêchait
dans les ordures pour un cœur de lucre et pour
l'écume salée de la langue corrompue.

Déchargés de tout fardeau, ils s'en allèrent dans
le désert tourner d'autres blessures.

A l'horizon pointait le verbe.

Nous ne parlons pas parce que nous savons
trop de choses et parce que le ciel avale
des chats sauvages sans dire mot, pas même
un nuage, pas même une éclipse.

*Nous acceptons tout parce qu'il est écrit
sur notre front que nous acceptons tout.*

*Mais jamais il ne vous est arrivé de penser
que cette écriture puisse s'effacer. Elle n'est
pas gravée. Le moindre coup de brise, la
plus petite tempête de sable, fera disparaître
l'écriture.*

*Nous avons souvent envie de vous crucifier
sur des éclairs argentés et battre les cym-
bales de l'abîme.*

*Nous avons souvent eu la promesse du
volcan. Et nous avons attendu.*

*Et vous, toujours les mêmes : vous fuyez
les nuages et traînez vos cadavres sans le
moindre soupçon.*

*Nous avons appris à maudire. Tant que
nous avions le mors aux dents, nous ne
pouvions que vous bénir en bavant votre
certitude mêlée au sang de l'œil qui refoule
le sable.*

*Mais de mirage en mirage, de charge en
charge, d'étoile en étoile, nous avons tissé
la toile d'araignée pour votre agonie dans
le désert ajouté au désert et le soleil, notre
ami, notre complice ternira vos rêves et
coagulera votre sang.*

Bavez à présent.

Priez.

Le jour nous sépare.

*Notre chemin mène à l'asile. Le vent qui
sort de nos pores donne la tuberculose.*

*Creusez dans le sable. Une tombe. Puis
deux tombes. Tout un cimetière. Un puits
plus profond que votre absence. Attendez
l'aigle.*

Chameaux et dromadaires se retrouvèrent près du puits. Ils étaient venus de toutes les régions recevoir le baptême du refus. Les faibles, les lâches et résignés se retirèrent dans le silence et la honte. Les autres articulaient les premières dimensions de l'insurrection.

Ils n'eurent pas le temps d'aller loin. Les autorités avaient engagé à leur poursuite les fantassins ainsi que l'armée de l'air. Des hélicoptères faisaient des vols de repérage et tiraient parfois sur un mirage. La poursuite dura quelques heures. Les chameaux couraient plus vite que les Land Rover. Affolés, ils tombèrent les uns après les autres, non pas de fatigue mais de désespoir : la dose de venin était consommée. Les premières balles les atteignirent.

Seul un chameau put échapper au massacre. Il fut recueilli par un marchand de bétail qui ne tarda pas à le vendre.

La mémoire du chameau observa un moment de silence puis dit : « Ce n'est pas fini. Attendez l'aube pour savoir. »

Le boucher nous réveilla à la première heure du matin. Il vérifia le matériel d'exécution. Aiguisa de nouveau les couteaux. Il utilisait une technique originale pour ligoter l'animal, le surprendre et lui trancher la gorge.

Le chameau se laissa faire. Il ne pleura pas. Cette attitude consentante ne manqua pas de nous surprendre. Jamais l'on n'avait vu un chameau retenir ses larmes et accepter la mort avec une telle résignation.

Le geste fut rapide et efficace. Le sang jaillit et éclaboussa toute l'assistance. Sang noir. Sang brûlant.

La main du boucher devenait lente et hésitante. Rien n'était normal ce jour-là. Pourquoi ce sang noir ? Et pourquoi ce feu ? Le boucher invoqua saints et prophètes, et se mit à ouvrir le ventre de la bête. Une lente déchirure s'opéra au niveau du nombril. Un enfant en sortit. Tout ensanglanté. Un enfant souriant et serein. Le boucher prit la fuite dans un délire fracassant. L'enfant demanda un peu d'eau de rose. Devant la stupeur qui avait figé les corps, il dut renoncer à son désir. L'enfant s'agenouilla près du chameau, passa la main à plusieurs reprises sur les blessures qui se cicatrisaient au fur et à mesure.

Le chameau reprit son sang, se leva et suivit l'enfant.

Les corps s'étaient incrustés dans les murs. La maison était vide et calme.

L'hiver fut particulièrement dur cette année. Mais personne n'osait plus parler de viande en conserve.

Bien plus tard, nous apprîmes que les chameaux eurent le temps d'envoyer le message suivant aux vipères avant de tomber sous les balles des autorités :

> *Ta vertu fait des trous dans des corps qui tournoient et languissent dans le désert. Le sable, devenu sel, saupoudre les plaies profondes au gré du vent. Leur souffrance ne cesse de rougir.*
> *A nous le rire.*

un jour le soleil s'est posé au
cœur de l'amertume
les plaies se sont fermées sur l'envol
d'un oiseau
l'oiseau libéré
devint astre du soupçon

voile sur la faille qui naît des doigts
de l'enfant
accroché au firmament de la cécité

L'arbre

Imaginez un petit bois. Juste à la sortie de la ville. Calme, vert et pas très dense. Ensuite imaginez un arbre. Pas n'importe lequel; mais un arbre centenaire qui a vu toutes sortes d'intempéries. Posez cet arbre au centre du bois et écoutez la bise du matin :

Il y avait un arbre qui se nourrissait de chair humaine. Il avalait les enfants. Les gosses disparaissaient sans laisser de traces. Les familles et les autorités commençaient à s'inquiéter sérieusement. Les rumeurs qui circulaient parlaient d'un ogre qui enlevait les enfants pour les revendre ensuite à une société anonyme de viande en conserve. On disait aussi que cette société aux techniques modernes s'était proposé pour objectif de venir au secours de l'humanité souffrante puisqu'elle avait établi un contrat avec les hôpitaux américains pour leur fournir cœurs et reins frais destinés aux greffes. En fait, cet ogre était recherché depuis longtemps. On en parlait avec consternation dans les familles et on était arrivé à en faire un mythe, un héros de légende qu'on tentait de refouler dans les années sombres. Apparu avec la guerre et les temps difficiles, il s'était infiltré dans nos premières inquiétudes. Certains disaient que c'était un notable de Fès, un homme au-dessus de tout soupçon, enrichi grâce à sa collaboration avec les chrétiens. Il devait liquider les patriotes. Il étranglait ses victimes dans le bain maure et les jetait ensuite dans la chaudière. Les rumeurs ne s'arrêtaient pas là. Les attentats et disparitions se multipliaient, et personne n'arrivait à le démasquer. (En fait cet ogre-notable a peut-être existé. On n'a jamais su la vérité. L'arbre ou la forêt nous le dira un jour.)

Quant à l'arbre, loin de tout soupçon, il répandait le parfum d'un encens irrésistible qui tournait la tête et le cœur aux enfants, lesquels se laissaient tendrement entraîner. Ensorcelés, ils étaient enchantés et tous les miroirs s'ouvraient à leur passage. Les écrans du ciel reculaient et le soleil se colorait au rythme de leurs pas. Le vent enroulait doucement leurs petits corps dans le désordre et les donnait en offrande à l'arbre. Ils se laissaient avaler sans la moindre réticence. En échange, l'arbre leur permettait de sculpter leur rire sur son écorce. Meurtri, l'œil retenait le sang et vomissait l'absence en figures mobiles et vertes. Seule la résine en coulées douces découpait l'astre, laissant une ouverture pour la prière et la chahada.

De temps en temps, l'arbre tendait le pouls et soulevait ses racines. Les enfants en profitaient pour sortir faire des rondes dans les bois. Nus. Heureux. L'aube circulait entre leurs doigts et leur ouvrait les bras du ciel. Les matins fuyaient entre les ronces pour témoigner du naufrage du migrateur. Surgissaient en désordre des mottes de terre assoiffée. Cependant les saisons, la débâcle moite et la terre noire habitaient les chaînes de l'arbre qui n'était pas fait d'argile, qui n'avait pas donné la transparence, pas fait le jour ni la mer en pleine ville. Mais l'arbre faisait déjà le bonheur des nus et des damnés.

Le bonheur des enfants qui ont craché sans honte sur le symbole et l'image, le bonheur des enfants refusés à la miséricorde, des enfants qui avaient retourné les tuiles tombales, déterré les crânes, sifflé les saints et dit la fatiha à l'envers, des enfants qui portaient l'injure au bout des ongles et qui crachaient dans le pain avant d'en faire des boulettes qui explosaient dans les ventres des notables, des enfants qui urinaient dans la source pour annuler les ablutions et conjurer les cendres de la complicité, des enfants qui s'étaient masturbés en chœur au centre de la mosquée et qu'on avait poursuivis à coups de prières. On parlait déjà des signes annonciateurs de la fin du monde. Dieu avertissait les corrompus en envoyant des anges exterminateurs. Le blasphème est porte ouverte sur l'enfer.

Agadir sur d'autres cimes. Agadir au bout de toutes les nuits. Dans un même feu le vert et le sec. La malédiction frayait son chemin à travers une certaine innocence. Des ablutions au sperme ! On n'avait jamais vu cela ! On ne pouvait plus toucher le Livre ni dire la prière. Toute l'eau de la ville était contaminée. La souillure dans l'âme, les notables affranchissaient leurs derniers esclaves. Les mosquées furent fermées et gardées par les forces de l'ordre. Un soldat armé avait pris la place du moudden. Il n'y avait plus d'appel à la prière. Pour faire ses ablutions, on pouvait à la rigueur utiliser la pierre polie, mais il fallait d'abord purifier son corps et exterminer les germes de la souillure, se débarrasser des spermatozoïdes têtus collés à l'aisselle. Pour cela, on exposait le corps face au soleil et on plongeait ensuite sept fois dans la mer, le regard dirigé vers La Mecque. A ceux à qui la mer ne suffisait pas, on distribuait des produits détergents envoyés spécialement d'Amérique en signe d'assistance et de sympathie, et complétant le programme d'aide aux pays en voie de développement. Mais le détergent eut des effets inattendus (erreur et confusion de l'ordinateur donateur...) : il jaunissait la peau et provoquait des décollements de la rétine. Au bout de quelques jours, le jaune se transformait en moisissure verdâtre. Cette métamorphose entraînait la chute des cheveux et la disparition des poils. Une herbe douce poussait alors sur le corps. Au bout de quelques semaines, le corps en était complètement recouvert. Les membres se collaient au corps qui devenait raide et creux. Les saints n'y pouvaient rien. La moisissure étouffait les corps et les enroulait dans un linceul de feuilles de vigne. Des enterrements clandestins se déroulaient la nuit. On jetait les corps verts dans un terrain vague. Ils disparaissaient à l'approche des premières heures du matin. C'étaient des corps-verdoyants-prairie-à-perte-d'illusion, des corps fauchés par la légende et reniés par la terre. L'arbre s'en emparait, les jetait dans une fosse avoisinante pour des projets insoupçonnés. Peut-être serviraient-ils à une nouvelle nourriture !

A l'approche des pluies, l'arbre rentrait ses branches, ramassait ses feuilles et cessait toute activité. La subversion restait en instance. Le temps de se refaire. Il n'aimait pas l'hiver. Détestant le vent, il se refermait sur ses racines et se tassait. Il n'y avait plus d'encens et les enfants n'allaient plus dans le bois.

Pendant des mois, on oubliait l'arbre et on reparlait de l'ogre.

> *... Il n'y a pas d'ogre ! il n'y a jamais eu d'ogre ! c'est une histoire qu'on raconte aux*

129

enfants. Cependant l'ogre pourrait exister si on voulait l'inventer. On déciderait d'un commun accord que tel notable, homme vertueux et charitable, assumerait cette fonction du fait même de son immunité sociale. Après tout la piété se conjugue souvent avec le reflux d'une certaine démence. L'ogre pourrait être un passant, un homme sur un cheval, un mannequin empaillé, un nuage, une rumeur...

Passons.

Mais l'arbre existe. Nous n'aurons pas à l'inventer. Notre cicatrice rouge (ou verte, tout dépend des saisons) en témoigne.

Nous aurions pu, à ce propos, inverser le récit, garder la clé pour le bas de la page. Mais l'énigme nous aurait amenés à jouer, à lire et interpréter les objets. Or nous disons qu'il n'y a pas de symbole. Pourquoi donner à la folie un statut autre que celui du réel vécu? L'arbre c'est déjà le procès du rêve. Qui osera impliquer l'arbre dans le subversif?

Il reste un poème qui s'ouvre sur des possibles imaginaires mais hors de toute innocence.

L'hiver c'était aussi l'époque où les enfants avalés échangeaient leur peau contre un plumage argenté (avant-dit du paradis).

Les autorités avaient choisi cette saison d'accalmie pour déraciner l'élément perturbateur du bois. Elles envoyèrent un de leurs agents armés pour scier l'arbre et déterrer les corps.

L'agent avait préféré accomplir sa mission seul et tôt le matin. Le bois était clair, les premiers rayons de soleil remuent à travers l'épaisseur des feuilles mortes. Il s'approcha avec nonchalance de l'arbre et se mit à le caresser. Il eut une sensation étrange. Son sexe était en pleine érection. Il serrait l'arbre contre son ventre et poussait des râles de plaisir après avoir réussi à l'enlacer. Sa langue était toute dehors et léchait la sève. L'arbre était déjà la parodie du ciel et du rêve. Dans un cri sanglant, l'agent éjacula. Il éjacula le sperme vert de la souillure accumulée, le sang bleu des marécages qui nourrissaient ses veines, il éjacula par secousses tout le bourbier de son crâne dans un aboiement d'une chute sans fin. Le corps vidé. Le soleil scandalisé par l'érection facile ordonna le coup de grâce. Les yeux de l'agent sortirent de leurs orbites et roulèrent en un mouvement lent sur ses joues. A la sueur s'était mêlée le liquide jaune de la rétine. Et le sperme coulait sans cesse. Epuisé par l'hémorragie, il tomba. Il était invité à s'engloutir dans la fente qui s'ouvrait dans le tronc. Happé par l'ouverture, l'agent se trouva dénudé dans un immense jardin peint de toutes les couleurs. Dans ce jardin, il n'y avait pas que des fleurs, il n'y avait pas que des oiseaux, que des reptiles, que des poissons, que des chameaux, que des étoiles, que des boules de lumière, que des bols de miel, que des soleils à profusion; il y avait aussi tous les enfants disparus dans le bois. Visages illuminés, gestes couronnés, ils maintenaient le contact permanent avec l'astre qui éclatait souvent à travers leur souffle. Leur regard était la transparence qui voguait à travers le déplacement du sable. Le ciel semblait reculer à jamais les ténèbres et la lumière ruisselait sans arrêt sur la nudité d'un réel épuré. Témoigne le ciel sans complicité, sans rancune. Les étoiles de passage s'arrêtaient pour le bonheur des enfants qui s'amusaient à remonter leur trajectoire. Tous accoururent vers l'agent et l'entourèrent. Ils lui tendaient leurs mains ouvertes, leurs mains pleines de présents. Les uns offraient des oranges, d'autres des bijoux, d'autres enfin une poignée de terre ou une touffe d'herbe. Ils riaient et fredonnaient une chanson :

si tous les enfants du monde venaient au bois
les océans se videraient de joie
un amour notre monde
ouvert pour fêter les noces avec le ciel...

L'agent était ensuite invité à tremper son corps dans le puits principal. Il s'accrocha à la corde et les enfants firent tourner la poulie. L'eau de ce puits lavait les corps happés et les purifiait de toutes les souillures accumulées dans le règne des hommes. L'agent remonta et se laissa conduire à la mare principale où il devait échanger sa mémoire lourde de remords et de peine contre une nouvelle mémoire de l'ordre végétal qui contenait déjà un certain nombre de souvenirs futurs. Il devait regarder longuement l'image que lui reflétait la mare jusqu'au moment où elle ne lui renverrait plus sa propre image. Elle lui proposa un visage autre et lui montra le chemin d'un nouveau projet. Lorsqu'il s'est relevé, il n'était plus un agent tortionnaire qui s'était porté volontaire pour scier l'arbre, mais un homme, tout simplement un homme heureux qui ignorait tout des armes. L'agent dut ensuite aller recueillir sa part de clarté quotidienne, unique nourriture du jardin.

Tout en séchant ses peines et ses crimes, il prit la parole :

Permettez-moi que je vous dise :
        j'étais un morceau d'acier
        une flûte plantée dans un sein
        un sous-homme fier de sa cécité
J'ai longtemps circulé avec un couteau dans
la nuque
j'ai longtemps porté en moi une vie avortée
avec les prémisses d'une mort absolument
douce et écarlate
j'ai longtemps battu la chair dans le pain
des autres
et déposé un œil au seuil de chaque maison
j'ai longtemps couru dans la citadelle et j'ai
soutiré des aveux
à des dalles dans le vide d'un corps et
j'ai vu sortir de l'écorce le geste d'abord
mais jamais je n'avais espéré une mort aussi
tendre, pleine de délicatesse et de lumière
belle et douce l'ouverture de la chair que
je vous donne en pâture où vous trouverez
les cendres de ma douleur
cette chair fatiguée et molle tombe en larve
d'oubli
un autre corps se lève
efface l'œil du souvenir informe
et jure
        par les enfants de la lucidité
        par la lumière qui circule dans nos
        veines
        par la sève du ciel
je jure et me donne à l'herbe qui préside ma
destinée

Permettez-moi que je vous dise
ma honte qui enfante aujourd'hui une rose

le rêve se confond avec la brume
de l'écorce claire
je recueille la larme

j'étais un morceau d'acier
une flûte plantée dans un sein
un instant fier de sa cécité...

L'agent accéda officiellement à la dignité de la mort. Il était adopté par tous les enfants, lui l'orphelin arriviste du service d'ordre. Il respirait profondément le bonheur dispensé par la lumière.

L'autre mémoire déposée dans les archives contestait déjà. Elle résistait et s'indignait. Mais face à l'indifférence totale de son ancien porteur, elle dut se terrer et opter pour le suicide par l'usure.

Pendant ce temps, les autorités avaient engagé tous leurs hommes pour retrouver l'agent. Ce qui les décida à cesser les recherches, ce fut une dépêche qui leur parvint un soir :

Vous trouverez mon corps dans une orange.
L'orange est dans une caisse de l'OCE
Destinée à un pays imaginaire.
Signé : l'agent.

Je suis un enfant qui se moque de l'innocence

J'ai été nourri au lait du sphinx
et tôt porté l'araignée dans le foie à voix basse

J'ai engendré la ville des ténèbres humiliées
et tourné sur moi-même
serpent sans tête fidèle au soleil

J'ai provoqué l'astre obscène du maître et de l'imam
et l'ai entaché de sang dans la cour des miracles
l'astre des sables qui s'est éteint au matin
et me suis retrouvé avec le Livre à l'envers

J'ai pris le train pour fomenter des troubles dans
    l'eau stagnante
du sommeil ancestral
j'ai secoué des chênes
et j'ai vu rire la mort voilée devant le spectacle des
    têtes
qui tombaient

Ma voix rompue s'arrêtait en tracé désespéré de
    l'absence
nulle la parole
quand nos mères nous portaient sur le dos
dans les champs

et jusqu'au cimetière
nos mères résignées cherchaient en nous l'enfance

Nus dans notre solitude
nous faisions des trous dans l'asphalte
jusqu'au jour où le temps s'arrêta sur la pointe de
notre réveil.

J'ai vu l'aube pâlir
quand le matin a glissé dans la transparence du désir.
Le sable inespéré s'est mêlé au dire confus.
Tout dire.
Quand le tout est un vol incendiaire.

J'ai une ville dans les yeux

Orpheline de son corps
ma mémoire est venue se déposer sur l'écume du
vieux port

Elle a découpé l'aile du levant
et nommé la clarté du visage pèlerin

Donnée et ouverte
la main fait le jour dans la blanche mouvance
se nourrit d'algues de paroles et d'écailles
pendant que sur les toits les colombes indiquent
l'itinéraire de l'errance

Assilah
je te nomme et traverse ta solitude
Pierres muettes
j'ai découvert le rythme de l'oubli dans les
racines de ton soleil
A l'orée du matin
la musique demeure
— une onde vient habiter notre regard —

C'est déjà la mer
l'instant où la brume nous égare

Nos paupières ne tremblent plus :
                la ville sort de mes tempes
                installe l'azur
                remet en place les arbres
                appelle les nues
                libère le soleil détenu au bout de l'absence
Assilah
                en toi l'espoir est un enfant aux yeux
                immenses où tout un peuple peut loger
Assilah
                en toi la blessure est l'ombre du jour équi-
                voque
                en toi mon poème s'incline
                ma folie traverse ta lumière
                en toi la brûlure de l'œil qui a décomposé
                tes murs
                refait notre souffle sur l'aile vive
Assilah
                à quand la légende de l'enfant qui a perdu
                sa souvenance
                dans le flux de tes silences

Quand il fait nuit, je répudie l'astre qui a nourri
mes illusions. J'appelle
la dune et la pierre. Je
marche sur la pointe de
tes étoiles. Alors je parle
de tes fils emmurés. Je
leur demande de tourner
la pierre et d'avoir un
visage.

Sidi Larbi ne guérira
plus ma démence.
Je la voue à la mer qui
la berce et la colore.
Et toi, Sidi Ahmed Mar-
zouk, tu défais la vague
à la lueur de l'attente
et fais un pacte avec
l'astre qui enivre ta progéniture.

                et vous dormez sans fermer le cœur
                vous donnez l'œil à la clarté

Assilah

> que n'es-tu le labyrinthe où je perdrai main-
> regard-et-mémoire
> j'aurai des cristaux dans le corps
> pour dessiner le murmure de la peau de
> concert avec la vague
> et puis j'irai proposer aux voyageurs
> des châteaux
> une nouvelle légende dessinée sur tes murs

Je leur dirai

> Assilah, nos yeux c'était une bourgade, une
> rencontre, une histoire, un empire, un voyage.
> Elle est devenue souvenir en miettes.

Interrogez la mer

> elle vous dira la guerre
> elle vous dira la digue rompue
> elle vous dira la rouille/l'usure du regard
> solaire
> elle vous dira l'épi rare de notre solitude
> elle vous dira la ville qui court après l'om-
> bre de l'écume vague

> Mais regardez : la mer se plie à l'appel du
> corsaire
> L'histoire s'est arrêtée
> Assilah vous propose une mémoire importée

Mais Assilah se maquille
Elle se met au bord de la route
Welcome-to-Assilah-Thank-you-for-your-visit-Come-
  Back-Don't-forget-Assilah-Choukran-Merci.

Tanger porte de l'Afrique

A quelques doigts de l'Europe
ouverte
donnée
            avec à peine quelque teinte exotique
un grand chapeau de paille et un porteur d'eau de
    toutes les traces bariolé un petit musée un dirham
    le sourire et la dent en or scintille
pose
pose pour le souvenir standard
                                    le grand socco
emporté par petites tranches dans le tourbillon des
    promesses et l'illusion embaumée une casbah par
    maison
des jardins/
            nantis/
                votre imagination
des places/
            coule votre délire
décor nos corps juxtaposés alignés nos corps
sahara fertile
le miracle notre peau étalée dans les bazars
terrible notre mémoire qui revient de loin
la rue

quinquagénaires traînent leur cadavre
mollusque et voix visqueuse
quelques dollars épinglés sur le front

                              l'œil sur la tempe
                              l'œil sur la gorge
                              la nuque déplacée
des gosses comme des petits pains
des sexes démesurés viennent fouiller dans le dos
arrachent les dents et/
              s'en vont dormir sur le sable de leur désir
              attendent

Non
Pourquoi lyncher l'ombre et redonner le cancer de
    votre salive
ouvrez leur poitrine/
                              dépecez leur ventre
et sortez les rats qui y pourrissent

Ablutions à l'alcool
dans nos mains une étoile
dans notre bouche une mitraille
EXPULSONS LE SOLEIL
de nos murs notre sang
jaillira
en ouverture
ternira vos cieux/
                      sept
l'apothéose est la mer
une fois une le sable se meut
                          envahit vos nuits palpitantes
            nuits orientales   nuits andalouses

            nuits d'insomnies nuits le temps à rebours

dans les caves les terrasses

> tout pour un dollar
> de la cervelle en poudre
> du kif en portion
> une nuit avec une fille
> une vie avec un gosse

Circulez entre les murs

> vous verrez des mains suspendues
> des yeux incrustés
> des corps se pointent/

>> vous interrogent

Je marche
mes pas laissent des volcans éteints
je marche
et capte les messages anonymes
je n'entends que louanges
je capte un regard désarmé
et m'arrête

la ville est une forêt qu'on démantèle
suite à la méditerranée qui enroule ses estivants
dans la nuit des pierres
et le mica qu'on dévore

Ville
O rires furibonds
sur ton seuil je dépose la blessure
qu'éclate le mutisme
ciel se confond avec tes yeux brûlés

> sur amas d'une vie à refaire
le défi de tes enfants
> à relever
dans la fantasia de ton ventre

l'arbre se plie sous le bras
tu n'as plus qu'à ramper sur la pointe de tes silences
  sur la pointe de tes regards
impensable l'absence des cigognes et des sauterelles
  quel malheur pour un rapt inutile
Pousse ton espoir sur les boulevards
tu nommeras la terre et l'instant cendre
la ville s'ouvrira
plaie profonde.

La planète des singes

Courez-y, c'est un pays à consommer tout de suite
Il est à la portée de votre plaisir
Ah ! quel beau pays le Maroc !
Ouarzazate ! Ah ses cigognes tutélaires qui lissent
    leur bec au creux de leurs ailes
Quittez votre bureau, votre femme et vos enfants

Venez vite vous entourer de fils barbelés dans des
    ghettos où des tripes sèchent au soleil
venez accrocher vos testicules sur les remparts de
    Zagora
Allez les récupérer à Marrakech-la-rouge
                    laissez hiberner vos souvenirs
                        et emportez de nouvelles névroses
Pointez votre doigt sur le ciel
Arrachez un peu de soleil de notre sous-développe-
    ment
Votre impuissance se multipliera en mémoires déca-
    pitées
            et votre nuit d'encre déploiera
            ses murailles en cortèges d'égouts

Attention aux BICOTS
        ils sont voleurs et puants

ils peuvent vous arracher votre cervelle
la calciner et vous l'offrir sur tablettes de
terre muette;
(écoutez plutôt une autre voix) :
le club méditerranée est *votre salut*
Ambiance française garantie, exigée, remboursée
Montez sur des dromadaires
votre vertige sera à l'image de votre faim
tournante
votre bouche s'ouvrira pour apostiller chute
et pleurs;
le matin buvez un peu de sang arabe : juste de quoi
rendre votre racisme décaféiné;
A vos amis offrez votre mémoire tatouée
carte postale de la béatitude en aluminium
résonance obscure de votre crâne-morgue ;
Et puis envoyez-vous un Arabe
il est nature, un peu sauvage
mais d'une virilité...

Sexe en lambeau de chair déracinée
restera
suspendu au fil de votre mémoire honteuse
Vous ne pourrez plus le chasser de vos phantasmes
il vous éjaculera l'humiliation et le viol en plein
visage
Blessés
vous vous entasserez sous les arbres *apprivoisés*
vous verrez les étoiles se dissoudre dans vos
rêves faciles
la fièvre montera et vous cracherez du sang
sur vos bons sentiments
les charognes iront vous crucifier
à l'ombre du *merveilleux soleil du club*
*ma*méditerranée.

IV

Variations sur la main

1. je voudrais te dire tout ce que je porte en moi
   et traverser la ville sans découper le soleil
   connaître ton pas initial
   et le classer dans l'archive des signes.

2. il m'est plus facile de relire la brisure du temps
        au travers d'une tendresse
   que d'accumuler des sentiments à blanc.

3. il n'y a de rafale dans la mémoire que de la
        transparence du corps dispersé dans le ciel
        qui se lève sur les morts.

4. immaculée ta parole qui devance le temps d'une
        mort rouge au coucher de tous les soleils
   le temps de l'écume soulève ta solitude
   je compte tes retours
   la face contre la dalle des choses

5. j'ai demandé à l'énigme de tatouer une ville
        entre les lignes de la main et dresser la pierre
        contre le sort aveugle
   mais j'ai vu l'œil-filant se poser et malmener le
        soleil au bout de l'itinéraire lacté de ton regard

la main s'est refermée sur une petite lueur
égarée.

6. nacre et or l'absence
    le voile cramoisi sur front et masque ouverts
    la dune compose la main
    l'aube.

7. et il tomba
    le désert plein le cœur
    au début la pierre n'était pas angulaire
    elle est devenue sacrée parce qu'une main l'a
        frôlée
    quant au Livre
    il faisait la mer et roulait les yeux
    le lendemain la fissure fit son chemin dans le
        dos de l'homme tuberculeux
    l'œil posa pour la postérité
    je me relève
    je multiplie les déserts/
                            mirages reclus
    confondus avec l'astre inutile
    c'est le Sud/
                l'absence
    et l'illusion nulle.

8. si l'astre voyeur remonte du puits
    vérifie de quelle légende il s'est nourri
    et s'il frappe à ta porte
    n'ouvre pas ton visage
    entre toi et lui
    ta main
    seule ta main pour arrêter le spectre
    et pénétrer le mal
                l'œil fermé sur la mort.

9. chaque main est une solitude usée
   pâle la caresse amovible sur l'inquiétude
   détectée à l'insu de la honte bue
   la peur froisse notre mémoire.

10. debout l'extase d'une main que la lèpre a déta-
    chée du corps
    revenue au monde
                    anémone
                    signe
                    et refus du temps.

11. dans ma tête
    dans notre tête
    un cheval fait du vent
    dans ma tête
    rire synonyme
    ~~mais ma tête s'est déplacée~~
    la parole dément la figure éparpillée
    depuis que je n'habite plus une chamelle je me
       perds
    je hurle et tends la main
    lorsqu'on se baisse je plante un poignard dans
    le dos
    juste entre la cinquième et sixième vertèbre
    (c'est une question d'habitude)
    mais on renaît
    ce n'est jamais fini
    la terre se dérobe sous vos corps et vous restez
    suspendus
    l'anus en trompe
    vous fermez l'œil et imprimez la main sur le
       front des nuages.

12. il n'y a plus rien à emporter
    les souvenirs tombent en arrêt devant le rasoir
    les arbres n'ont plus de fonction systématique
    les fleurs ne sont plus en papier
    le sort se noie dans l'étang de la main vieille
        de cinq étoiles

13. folie sans idiome
    et me donne sur table froide
    j'ouvre mon ventre :

                        des chiffres
                        des guêpes
                        et une lune d'acier.

Ville sangsue

Ville ouverte
        en blanc
        en noir
        délire
tes rues en grandes artères renvoient ses damnés
mains levées
gueules ouvertes au soleil
ombres quotidiennes dévalent sur fronts en premières
   lignes

La nuit n'est pas celle des étoiles

nuit en bandoulière
        femmes languissent au seuil des bordels
        filles sans printemps saignent au coin d'une
        vie
        pendant que des sexes se figent sur corps
        en décomposition
mais le cri se confond dans la lente souffrance
des fibres invisibles circulent
des tympans enregistreurs dans chaque poignée de
   main
un microfilm dans chaque regard
un sérum dans chaque café

œil tardif se pose
un œil de trop circule sur béquille métallique
dans la ville une foire
et le tour de l'Enceinte
soulève les pierres

        accuse
        fait des trous

ce que tu lis   ce que tu rêves
ce que tu écris   ce que tu voles
ce que tu dis   ce que tu tais
ce que tu penses   ce que tu imagines

        fiché
        somme toute
        sur carte perforée

A l'heure du sommeil
les bipèdes accourent/
                échappés de leur tombe
par morceaux se présentent

*(Il n'y a plus de lumière dans la ville. Seuls des yeux
phosphorescents rappellent la lueur de la mort.)*

vous donnez les mains/
               des vers sortent d'entre les doigts
revenez sur vos pas : les enfants de l'exode vous
   demandent des comptes
un peu d'eau de bir-zemzem
vous laisse à mi-chemin entre la rédemption et
   l'amnésie immédiate

vous retournez à votre poste après une nuit agitée
   et vous fonctionnez maquillés. Nus.
Un enfant entre sans frapper.

monte sur votre bureau
vous envoie une rafale
à bout portant
foudre préméditée
sans sommation
aucune

Vous vous relevez
buvez votre sang
le corps en prestance

la ville se referme
l'eau monte.

La main

Une autre délivrance viendrait des murs qui avancent, nous proposant l'échange et le sommeil. J'emplis mon corps d'intentions folles. Je surprends la main qui se multiplie, se met en travers d'un regard. Main ressuscitée des profondeurs du livre, main qui ne sait ni lire ni écrire, main qui ne sait pas retenir ni même provoquer le délire. Je l'interroge. Me lance le défi du regard inamovible.

— A te cadrer dans un losange, tu sembles venir de la parole rapportée, fixée sur une omoplate.

— Les cieux.

— Pourquoi avoir parcouru tant d'espace pour finir tes jours emmurée ?

— Lasse et honteuse. Moi qui ne devais circuler que dans des corps purifiés, j'ai été manipulée par des vertus émasculées. J'ai parcouru des déserts de non-sens et j'ai échoué au bas de la page d'une mémoire fade. J'ai été transportée d'arc-en-ciel en océans tranquilles, de villes en cube aux désirs censurés. J'ai camouflé l'illusion et refait le jour dans la cage de l'homme-oiseau, dans l'ouverture de l'œil fatigué. J'ai compté les pavés dans une fuite. Je ne sais plus vivre. Je ne sais plus rire.

— Et ceux qui t'ont fait ?

— Devenus terre. Après le massacre des hommes

frères. On recueillait leur sang dans des jarres; on l'offrait aux hommes éclatés.

— Une date. Un jour.

— Une éternité. Un ciel aux dimensions de l'hégire. La différence. Une voix; une embuscade dans la cage thoracique d'un peuple.

— Et ce peuple ?

— Gris dans l'œuf de la dinde. Mille ans d'insomnie. Un peuple pierre ponce. La bouche cernée. La nuque sur le front. Je rougis comme un enfant.

— Quel chemin encore sur un crâne qui me parle ?

— J'ai un plan.

— Et moi une ville. (Non, ce n'est pas sérieux.) On a dit à ma race : « Tu as le ciel en héritage. » Depuis, elle a violé son double et s'est assise sur les quais pour accrocher un morceau de chair dans l'âme des marins.

— Laisse-moi chasser l'ombre d'un regard qui dure ; laisse-moi noyer le geste dans l'encens et voir l'étoile saigner sur mes endurances.

J'ai mal dans la survie des palmiers qui caressent le premier nuage venu, qui se prosternent sans attendre la brise. J'ai mal dans le couchant qui nous colore.

Je pars et te laisse un chiffre sur cette place où se croisent plus d'un destin.

Ecoute-le.

Ecoutez-le.

Il raconte :

J'ai vu. Je suppose avoir vu. Mais je sais. Cette même place tournante. D'aucune couleur. Y vient un autobus toutes les demi-heures. Les gens sortent par la porte de devant. Des hommes, sitôt descendus, remontent par la porte arrière. Ils habitent dans toute la ville. Respirent cette chaleur que dégagent une poitrine en sueur, des espadrilles usées ou des aisselles salées. Ils se nourrissent de cette transpiration, frottent leur sexe contre les fesses des femmes tristes et parfois laissent s'égarer leurs doigts dans des ventres mal fermés.

Mais l'histoire n'est pas là.

J'ai vu. Je suppose avoir vu. Mais je sais. Cette même place tournante. Des gosses prêts à toutes les démences rôdent autour de la station. A tour de rôle, chacun se charge de ramasser les mégots que les voyageurs jettent au moment de monter dans le bus.

L'important c'est que ce ne sont pas des mégots comme tous les autres. Ils ont l'avantage d'être encore frais de ne pas avoir séjourné longtemps dans la rue, de ne pas être défaits par la pluie ou écrasés par un pied malheureux ou sadique. Et puis ce sont presque des cigarettes. Le voyageur pressé jette sa cigarette à peine allumée. Le règlement étant ce qu'il est.

Le soir, avec le dernier bus, le partage est fait chez le chef.

Commence toute une nuit où sont consommées les heures perdues. Le jour part en fumée.

Il arrive que le bus recule. Ses roues géantes écrasent les mégots, quand ce n'est pas une main ou un corps frêle.

Ce sont des enfants à l'âge impossible, capables de vous initier au vice et au bonheur et de vous apprendre la désillusion douloureuse. Cet arrêt de bus est leur marge. Ces mégots ramassés à la sauvette, c'est un peu leur pain. Cette fumée avalée au commencement de la nuit leur procure un peu plus de haine. Ils ont adopté la mort comme on adopte un pigeon. Leur poitrine s'ouvre le matin pour libérer l'oiseau familier. Pendant que saigne le pays qui a enterré les siens. Ils se multiplient vomissant le poisson mort dans leur ventre et vont crier dans la clameur serrée :

« Casa-Marquise », « Marquise-Casa ».

Il n'y a de main impure que de la chair gantée qui de la terre n'a jamais sali le bout du cœur. La main trahit l'encens pur de la Kaâba et sort de la pierre matinale porter le blanc de la légende. L'œil fané rappelle la morsure, l'éclipse de l'astre.

Le geste translucide et même précis, les enfants nés de l'arbre et de l'attente ramassent des vertèbres, accumulent des mâchoires. La nuit écarte ses doigts, laisse un rayon de soleil tardif et découvre le front pourpre d'une foule retenue. La rue est une cicatrice que je promène dans la transparence de l'attente. Tel est mon itinéraire. Il m'arrive parfois de le partager avec ceux qui s'enroulent dans l'espérance ensablée. L'oubli. Le retour entre les jambes du patriarche. Nous tirons sur les fils et tissons le projet d'une lueur ouverte. J'ai su avec ceux qui ramassent mégots et corps que nous sommes réduits à coller nos corps contre la blancheur de l'indifférence, dans le froid de la mort vacillante.

J'ai dû reconnaître que pour plâtrer une mémoire, il suffit de souffler un télégramme et d'aligner les mains.

J'ai su aussi que ma peur a une couleur : la couleur du rire entre les tempes. Rire encadré dans la moisissure d'un puits. Je descends la tête la première dans le ravin initial façonner le labyrinthe de ma naissance. Mais on m'apprend que des animaux bizarres sont expulsés du ventre de ceux et de celles qui font des bulles de savon avec notre verbe.

> J'ai vu. Je suppose avoir vu. Mais je sais. Cette même place tournante. D'aucune couleur. Y viennent des enfants armés de symboles creux. Vous proposent du soleil dans vos bottes. Vous donnez le pied et oubliez votre corps dur sur une terrasse de café. Ils vous cirent les mollets et saupoudrent votre silence de sel marin. Vous retirent les bottes, aiguisent un cran d'arrêt et vous coupent la cheville qu'ils mettent dans un sac de sorcier. Vous leur donnez un demi-dirham en disant gardez-la-monnaie. Ils la gardent et vous offrent des béquilles pour vos vacances. Vous quittez le café en boitant. Vous chantez : « Nous sommes tous des cireurs damnés au seuil de la cécité... »

Nous quittons tous la place. La main nous précède au-dessus de l'erreur et annonce le feu dans le cimetière. Les momies ont pris la fuite. La terre n'est plus le lit des hommes. Elle s'est scindée en deux.

L'aube des dalles *

Certes l'espoir n'est pas un café qu'on prend par un
   soir d'été,
ce n'est pas un clin d'œil qu'on fait à l'histoire
ce n'est pas non plus un palais à l'horizon intime
l'espoir c'est plus qu'une idée vertébrale.

Tu ne peux même pas parler d'espoir. Tu ne sais
   pas ce que c'est.
A toi la ville qui se situe entre la misère et le faste,
   entre l'orgueil et la lumière dissoute
à toi la ville de cristal et de couleurs, ville de plastique de vols
et de putains, ville qui se donne aux ricains hilarants,
   ville de bidonvilles
et de joie facile,
à toi l'oubli et la quiétude, l'inconscience douce,
   à toi les matins qui ne changent pas, les jours qui
   se ressemblent
et les pas inutiles.
Tu sais, ton heure a pris le pli de tes jours et dans
   ton crâne gît
une charogne en décomposition.
Tu portes en toi la maladie contagieuse de l'insouciance horizontale.

* Poème datant de 1966 paru dans le numéro 12 de *Souffles*.

Tu vis dans un bocal aux parois invisibles.

Comme une boule de gomme, tu colles à ta peau
                                    tu colles à ton sang
et tu t'endors la bouche ouverte.

Tu es opaque dans ta médiocrité dorée, tu aimes
    sentir en toi cette puanteur.

Comme une plante, comme une plante tu végètes,
    inutile dans ton inconséquence
tu te dérobes.

Sans cesse tu te dérobes, tu fuis, tu te coupes du
    monde, tu te détournes, tu caches ton visage dans
    un prisme truqué, car tu sais que ta face est mo-
    che, moche et fade.

Quand un camarade te secoue, tu te perds dans la
    confusion douce et amère. L'événement te traverse
    dans toute ta transparence, dans toute ton absence.

Tu es absent.

Quand seras-tu concerné ?

Quand sauras-tu que la souffrance est commune, que
    sous le soleil méditerranéen du ministère du Tou-
    risme il y a des fronts à relever ?

Je vivais jalousement en plein dans ma torpeur
    animale.

Incapable de vérité jusqu'au jour où mon quartier
    s'éleva en flammes avec ses dalles pour balles et
    des poteaux télégraphiques pour barricades, avec
    son sang et ses veines, avec sa démence et sa
    haine...

Je ne pouvais plus continuer à enterrer ma racine,
    à l'étouffer dans l'oubli ordinaire, l'oubli de tous
    ceux qui me regardent et me traversent, de ceux
    qui me haïssent en silence dans le mépris

Comment sortir dans la rue, comment cribler mes
    jours ?

Un homme a disparu ce matin.

On me dit que la poésie ne peut rien
les mots s'enroulent dans un linceul de sang
Le verbe se coagule en poings levés
et l'homme, cet homme qui n'est plus revenu
un corps
qu'on a dissous dans l'acide sulfurique
un corps
qu'on a trempé dans la chaux
Que dira
le vent à l'érosion
Que dira
le sabre à la nuque déchirée
Quand de cet homme il faudra se souvenir
Cet homme a disparu dans la clarté du matin
Aurait-il été un prophète libérateur ?

Choses interdites entre tes doigts libérées
par ton serment de porter justice à l'enfant
qui tire sur
les seins desséchés
en ce jour où j'ai bu dans tes yeux la souffrance de
   mes frères et l'événement ne portait plus de mil-
   lésimes. Il était en toi.
En toi par cet homme qui tend la main, la paume
   recroquevillée
ô laideur inutile

pourquoi
encore
implorer ton seigneur et ne pas vomir la haine
   ricaner incendier blasphémer et sortir nu dans ta
   vérité orthogonale
toi qui n'as plus rien

tu habites sous la voûte en instance d'une terre
toi qu'il faut cacher des yeux des étrangers
car tu n'es pas à montrer marchandise négative pour
   un folklore nié
non tu n'es pas à montrer
tu pourrais faire peur aux ricains qui marchent sous
   notre soleil pour enterrer les fantômes du Vietnam
oui
va

rejoindre tes semblables même s'ils ne veulent pas
   de toi et apprends à ne plus tendre la main
ne tends la main que pour cribler le temps de ta
   misère
exécuter ceux qui t'annulent chaque jour
dénoncer ceux qui te déshabillent à chaque tournant
   qui boivent ton sang à gorgée double
va derrière l'Enceinte
va.

Je classais mes pas aveugles dans la rue et t'ima-
   ginais.

Comment se taire encore
tout ne disparaissait pas sous ton regard
pas même les cris de cette épouse qui accouchait
   dans du linge sale en l'absence de l'homme
ni ces enfants de quartier rasant le sol et qui ne
   peuvent jouer aux enfants, ramassant des mégots,
   s'accrochant au pan d'une veste étrangère

Le ciel pouvait choir
tout semblait être né pour le servage
et pourtant sous ce feu incandescent
il y a eu le réveil

mais qui creuserait le premier tombeau au boulevard
de la ville ?

Toutes les vies se rassemblent là chaque soir ivres
de creuser la Fosse

Fosse réelle

juste avant l'aube

Fosse qui se recouvrirait de mousse pendant que
le jour se lèverait sur d'autres blessures

Qui

argentera la Fosse

cet homme qui taille les pierres

cet autre qui traîne une naissance

cette famille qui pleure un père parti quelque part
au-delà de l'Enceinte ?

les treize cents petits cireurs

de mon quartier ?

Les petits cireurs, tu les connais, toi ?

oui

de ma peau

vous êtes treize cents

à sortir de dessous les dalles courir à

l'inexprimable

et répandre l'acier de vos larmes

Treize cents paires de mains

taillées du socle à venir

triturées dans l'amas anachronique

pour avaler la souffrance à bouchées doubles

se plient la crasse durant sur des bottes

qui sont plus bottes que la terre et le ciment

treize cents paires de mâchoires à lapider vos matins hybrides

à vous dévêtir et ramper, vos langues dans la boue

Treize cents enfants
gestes et voix pâles
à vous donner des gifles
à vous tirer dessus
leurs yeux viennent se poser sur vos épaules
comme des chardons
et, vous qui fuyez
fermant votre porte comme votre mémoire

Treize cents questions à poser
tant leurs poumons répandent le sang en crachats
  jaunes

Faits dans le gravier de la haine et de la lampe à
  pétrole
à l'ombre du bulldozer et de l'erreur
vous restez
treize cents chiffres décimés et schémas d'enfants
  à briser le blanc de l'espace
à traîner des ventres troués et des hardes
en suspens

Cependant
le temps a mordu dans vos lèvres comme le pus
  vos trente-deux mille dents

Treize cents viols à la clarté des assassinats ordi-
  naires

A l'insu du soleil dont vous êtes les enfants
— comme dit l'Occident —
vous tendez vos corps à portée d'injures et l'on
  marche sur vos poitrines

Oui je connais les petits cireurs
lexique de la misère en spirale
espérance meurtrie

Ils envahissent mes nuits
mon sommeil tranquille
de ma peau
ils sont devenus de ma peau

oui je me ferai petit cireur
je dormirai
de votre sommeil famélique

mais si vous ne voulez pas de moi ?
si vous me chassez
où irai-je avec ma mémoire retrouvée ?

Non
tu n'es pas du pays de ton enfance
tu n'as rien vu
tu n'as rien connu
ni les murs noirs des prisons
ni la terre retournée
ni le bordel d'enfants pour homosexuels de l'Occi-
    dent
ni la main qui se pose sur le regard conscient
ni la corde qu'on tresse de ses fibres pour ne pas
    sangloter à genoux
ni le kif qu'on cultive pour vivre

Tu n'as connu de ton pays que la douceur du soleil
    que vantent les panneaux publicitaires

tu n'as connu de la douleur que la rumeur
pas même les mille brûlures du ciel
pas même la honte
la honte de ton silence

Tu sais Orphée, dans notre pays la corruption est
de rigueur : à l'ouvrier qu'on exporte pour les
mines de l'Occident, on demande quelque cinq
cents dirhams pour le passeport, un peu plus de
mille pour l'embauche et quelques centaines pour
le maintien.
Non tu ne le savais pas.
Ta mémoire, enveloppée dans ton manteau sourd
hésite encore
elle hésite pendant que le crime piaule dans les rues
en pierres
Non Orphée tu ne peux plus modeler ton hymne
à l'amour
les vents t'avaient parlé de l'âpre liberté
existence sans oracle
A présent reviens
reviens sur ta terre nubile
revient à l'Enceinte qui regorge de sang
reviens voir les bergers dans la ville
visages d'airain
femmes sans voile dans les rues répandant les boules
de feu
enfants de toutes les rues dans la folie et le désordre

reviens sur ton ventre hurler avec les veuves
de Mars
reviens Orphée
le chemin est amer
servitudes sales aux besognes dégoulinantes

comme les clous du pilori et la haine
à toi d'ensevelir les cadavres dans ton ventre
morts
pains jetés dans le cimetière
roc brisé
pierres qui s'indignent dans l'ombre de l'amnésie
    ordinaire

reviens tracer tes pas dans le goudron incandescent
tailler les dalles de la chair robuste
ramasser les vêtements de deuil que garnit l'édredon
    des autres
reviens égrener le chapelet de la mitraille
éblouir les nuits sanglantes du feu
de Prométhée africain

Non Orphée
tu n'auras pas à mordre dans une bouchée de sable
ni serrer
les mains décanteuses de poisons
tu n'auras plus à trembler de l'ombre
de celui
qui fait ses ablutions dans la pisse des lépreux
compose sa prière à la bouche des égouts
puise ses fables du gouffre de tes semblables
souviens-toi
il n'y a plus d'ombres équivoques
quand
au loin
la rumeur grondait déjà
annonçait
Mars
Non tu ne peux pas te souvenir de ce mardi
où le soleil ne s'est pas couché

où les dalles n'étaient plus des dalles
où un homme mordit la crosse d'un fusil avant
   d'éventrer le brasier de chair et d'acier
où sa mort paraphée de tous les poings levés
Non, pas de couvre-feu pour le soleil
Non il ne s'est pas couché, tu m'entends Orphée
ses rayons
perçaient les processions mortuaires
sa clarté roulait dans les ruisseaux
des enterrements clandestins
la lune se taisait — elle s'était effacée —
les cimetières remuaient
les enfants ne pleuraient pas
les veuves ne portaient pas le deuil
le soleil dansait dans leurs yeux
pendant que d'autres imprimaient la première tache
   de sang
Ils ont creusé les rues
ouvert à coup de pic dans le roc de l'Enceinte des
   entrailles béantes
mais l'Enceinte a fondu sous le regard des enfants
   redevenue gemme terre sable
dans la plaine, on buvait du ruisseau obscur l'eau
   de toutes les peines en ces longs jours de haine
   où la douleur régnait sans âge
lèvres fendues
bouches saignées
ongles épilés dans la froideur blanchâtre des grottes
   en ciment
oui
la cellophane à peine imbibée
ne laisse plus passer l'air
mains enterrées dans le mur complice
pieds entravés dans l'absence et le silence
sans fissures

170

Et vous autres
vos yeux sont ravagés par la rouille de la honte
vous avez trempé vos mains dans la rage et le cri
    étouffé
toutes volubiles vos mains
écrasent des morceaux de flammes

Que restera-t-il ?
rien que des miroirs hérissés
rien que des plaines hurlantes
rien que des fouets brûlants
face à ce mirage qui n'en finit pas

Non Orphée
le soleil ne s'est pas couché ce soir.

V

Pour un passeport

Les poings dans le ventre tu feras tous les couloirs et tu nommeras toutes les portes tu refermeras des nuits sur ton regard pour repartir matin soir ouvrir d'autres tombes sous le soleil qui ricane les portes sont en ciment armé en fer toutes les douleurs tu viendras t'écraser contre et tu ramasseras un peu de ton sang dans un gobelet ordinaire.

Tu vends les deux oliviers la natte l'héritage la parole et le retour et tu dors entre le rêve et l'illusion. L'attente.

Un peu de sable dans les yeux et des voitures te traversent le corps tu te relèves et cherches un peu de chaleur dans les cimetières tu n'as plus qu'à pousser tes dents à tailler tes mains.

Tu circules.

L'arrière-cousin a encore écrit. De tes nouvelles sur les cimes. Il fait un peu froid. Il neige toute la saison.

Reviens voir le sosie du cyclope. Il y a une rature. Et les photos. Pas assez. Tu sais même pas signer. Quel bougre. Barbare. Sauvage. A peine homme.

175

J'ai tout noué dans ce mouchoir. Les papiers et le reste. Vous pouvez les compter. J'aurais pu mettre aussi un couteau ou un hertz. Quelques graines et une torche.

Te manque encore des papiers.
Pose le pouce droit là. Il faut laisser tes empreintes digitales.

Tu enfonces un poignard d'argent dans sa nuque. Il ne s'en rend pas compte. Continue d'agrafer des papiers des photos d'identité des mains des regards. Reviens dans quelques jours. Le directeur est en conférence. Il ne faut jamais déranger le directeur quand il est en conférence. Le directeur est en congé. Le directeur est au lit. Le directeur n'est plus directeur. Le directeur est dans le désert. Sur un chameau compte les dunes. Charme les serpents. Le directeur a perdu le pouce et l'index. Le directeur ne peut plus signer. Te manque des papiers. Et le timbre. Timbre fiscal.

De ton crâne sortent des sabres des mains armées. De ta bouche tu expulses des boules magiques qui réduisent au silence. Tu expulses des crapauds et des épingles. Tu te retournes.
Foule derrière.

> mes frères je vous parle des temps lointains
> je vous parle du fond de notre solitude
> de pays imaginaire
> et de sa clarté qui saigne
> le silence est un linceul
> qui nous enterre vivants...

Les poings dans les poches tu attends.

Les murs. Fini pour aujourd'hui. Revenez demain.
Non pas demain. Demain est fête. Demain est un
autre jour.

Ajournées toutes les attentes.

Je prendrai le train ou le bateau. Je mettrai le feu
à toutes mes attaches. J'échouerai dans d'autres
déserts.

Tu ne ramasses plus ton sang. Riche de ce produit
tu le répandras en grandes doses sur des crânes
obstinés sur des mains en transes au seuil de toutes
les attentes.

La rue regorge d'ossements.

tu me laisses
l'obscure énigme du ciel équivoque
ma tête croit relever la part du rêve écarlate
quand au loin
un peuple se terre
le dos vêtu d'herbe douce

il avait emporté avec lui une poignée de terre
du pays
il la sentait et s'en mettait sur la figure
pour dissiper sa solitude

La pierre et la peau

Il est arrivé à Marseille dans une caisse d'oranges. L'œil agrafé sur une carte d'identité périmée et un extrait d'acte de naissance. Il s'était nourri d'oranges pendant le voyage. Il se portait bien, mais puait un peu. La fatigue, la sueur et l'attente. Il avait camouflé l'argent français, procuré au marché noir, dans sa peau : une simple ouverture à peine visible dans le ventre lui servait de portefeuille. Il portait sur lui sa fortune : quelques billets de cent francs, une bague en argent, une montre-bracelet, une photo de ses enfants, une réserve de courage et de clandestinité, un feu dans la gorge, une mémoire fatiguée, une balle qui s'était incrustée dans sa jambe droite au début de l'année 54 et qui lui avait valu le titre de résistant, ainsi qu'une douloureuse solitude.

Il sortit un papier plié en quatre et se mit à déchiffrer l'adresse du cousin. Gennevilliers...

Empruntant les gestes du voleur, il monta dans le wagon et présenta son ticket à tout cheminot. L'indifférence c'était déjà du métal. Il resta debout dans le couloir accroché à un coin du ciel. Comme un bandit repenti, il semblait s'excuser d'être là face aux arbres et villages qui défilaient.

179

Comme un regard coupable, l'étranger.
Comme un corps découpé au laser, l'étranger.
Comme une plaie ambulante, l'étranger malade.
Comme une fente dans un œil en porcelaine,
l'étranger vient avec du plâtre dans les veines.

Il est venu car il a décidé d'extraire l'animal qui
pourrit dans son cerveau. Il a décidé de se multiplier
et de déferler comme l'épidémie dans les rues et
grandes places, dans les cœurs en bois ciré, dans les
ventres chauds qui ne s'ouvrent qu'aux ventres
chauds, dans les rêves en couleur qu'il faudra peindre
en teinte de deuil, dans les bras des dames fardées de
nos fuites et de nos délits répétés, dans les crânes
et cerveaux de ceux qui calculent notre usure, dans
les rouages de la machine qui fait des hommes en
papier, dans la gueule de la bête qui vous domesti-
que et vous répudie. Il est venu sur la pointe des
pieds, sur un fil d'acier. Il est venu interrompre votre
sommeil. Vous avez peur et appelez les sapeurs-
pompiers. Il a décidé d'être cent et mille en un seul
corps. Il a décidé d'occuper vos rêves et d'éventrer
le lac de votre quiétude.

L'étranger regardait à travers la buée de la vitre
les arbres s'accrocher au ciel, ou plutôt les racines
de la vigne se retourner et noircir à sa vue. Le train
roulait sur les rails qui sortaient directement du ventre de l'étranger. Les veines de ses jambes avaient
fait des trous dans l'acier du sol. Elles ne cessaient
de sortir de la plante des pieds. Il restait immobile,
ruminait sans bruit le projet du rêve bleu mais aigre.

... Gennevilliers...

L'âme périphérique.

L'entrée de la ville.

je lève le corps au ciel et déclare une vie en fraude.
Telle est ma lucidité. Je vous conterai une histoire
de droite à gauche pour alerter vos concierges
mais   appelez la foule et arrêtez la machine
Je
déclare une folie préméditée et un sang mobilisé
*   Je déclare un sang étrange non homologué dans*
les conventions internationales   je suis venu le
dépenser dans la neige et le refus   je déclare
une décennie à rebours   une mémoire achevée sur
la nostalgie du pays   mon foie a le mal du pays
le mal de la main qu'on vous donne le mal des fleurs
sur le front des filles de l'Atlas   je vous regarde
et lis la mort lente dans votre ventre gras   je viens
vivre par procuration et manger de votre pain
je viens corps invisible laver les trottoirs de votre
indifférence jeter la pierre et la peau   pour cela
j'ai mis un peu d'ordre dans mon corps   j'ouvre
mon ventre pour un peu de cozsbor ou un peu de
menthe   je ne vous parle pas je vous regarde
grimper dans les arbres métalliques   vous cachez
vos enfants   un chat vous habite vous avez mal
*   le chat mort se décompose avec lenteur dans*
votre corps   je viens déceler entre le ciel et le
rivage la guerre qui portera loin la logique baveuse
*   je vous dis : cette logique a bavé trop longtemps*
dans les lignes de notre cervelle   nous avions
simulé l'adoption   nous nous sommes donnés au
sphinx de son labyrinthe   une colonne puis une
terre d'espoir   imaginez un peuple qui n'a jamais
cessé d'avoir les joues roses et le foie ardent   un
peuple qui a bu notre miel sueur de nos mères
la bonté des autres déguisée en guenon vient défon-
cer les portes de nos miroirs   aujourd'hui je dé-
barque dans la faille de la haine et vous invite à me

suivre dans le désert d'à côté   je m'en vais arrai-
sonner toutes les bonnes consciences   j'arrive avec
un stock de poèmes dans les yeux   j'exige de l'ins-
tance solaire une carte de séjour une carte de sécurité
sociale une carte bidon pour mon double une carte
rare pour vous faire des enfants dans l'ombre une
carte pour planer à volonté au-dessus de vos toits
une carte pour la différence un duplicata de ma chair
*   et puis non... plus de carte   je tourne le dos*
au soleil   je rentre chez moi

Il est arrivé à Casablanca dans une cargaison
d'armes. Il s'était nourri de poudre et d'acier pendant le voyage. Il avait bonne mine.

*C'est le tout de Ton tout que j'obscurcis
en voulant T'exprimer !*

AL-HALLAJ.

comment parler dans un corps sans le trahir
comment habiter le vent d'un souffle sans vivre l'im-
    posture
faire semblant d'être un cheval
pour égarer le soupçon
à l'aube étale
et pourtant je vole la parole
au terme / l'amertume en bulles se défait
je confonds la mer et le miroir

se décante l'azur d'un regard

Qui se souvient de la terre brune

si vous sortez tôt le matin et que vous sentez encore
le sommeil et la pointe du rêve ne regardez pas où
vous posez le corps restez en contact avec le ciel
laissez-vous guider par l'oiseau vert
il vous contera l'histoire d'un peuple pétrifié dans
l'oubli de la vague   il vous parlera des hommes-
reptiles et des enfants-rapaces   il vous parlera des
chameaux dressés pour tisser les rêves et s'il vous
arrive de sombrer dans les ténèbres ne criez pas
vous êtes chez vous   ma trappe
profonde
vous contiendra tous   mais voilà que l'inquiétude
de cette évidence harcèle les mots sur lesquels vous
suspendez vos pleurs

           les mots fondent à l'approche du jour. Il
           nous faut prolonger la nuit et donner au
           temps l'asile nécessaire

mais l'ombre se dissipe
l'astre s'insinue dans la faille de notre absence. Rompue l'éternité du ciel qui a élu d'autres territoires.
Durée mon espace à l'encontre des rimes. Se super-
posent les mémoires dans d'autres corps. Ces corps
se dépouillent pour s'annoncer à la nudité de ta voix.

je suspends le dire. Je ne nomme plus. Je laisse la main fouiller au risque de survivre.

Ailleurs la source découverte. Ailleurs la mort circule dans la quiétude du soir. Un murmure parallèle dessine la différence hors de la clarté piégée. C'est notre accoutumance sur fond d'airain. C'est notre accoutumance en instance d'une nouvelle possession. Cependant la fêlure est entre nos mains.

C'est arrivé un jour où le soleil dansait dans leurs yeux. Ce fut un siècle distillé dans la fable du désert. L'astre descendit de son cheval ailé leur proposer l'éternité dans un corps empaillé. L'erreur lovait dans les cieux indifférents. Le faste était ailleurs : dans la mer où les étoiles se noyaient. Le corps assisté par l'écume se dissipait dans la transparence du souvenir.

Debout sur le flux de la vague, l'enfant charmait le songe épars pendant que le sable remuait l'œil en sang du souvenir andalou.

De quelle démence remonterait le désert ? De quel ventre se relèverait l'animal dissous dans la légende du retour, la foudre en spirale dans les yeux, le rire en millésime ? De quel rire sanglant épellerais-je la cité qui voyage de mer en étoile de corps en désert cap sur le soleil ?

Aujourd'hui j'entre dans mon corps comme je sors de la ville. Je retarde les suicides. Je cadre la cécité des autres et plante un désir dans l'immense marécage notre territoire. Je me souviens de l'arbre descendant les plaies du Rif. Il annonçait la faillite de l'œil qui apprivoisait le séisme.

L'oiseau vert ouvre la page de nos cicatrices.

Nous n'irons pas mendier auprès de la vague ni suspendre notre mémoire séchée au mont de piété. Nous n'irons pas surprendre la gazelle répudiée. Nous lui laissons l'exil. Nous n'irons pas interroger le sable qui a couvert la blessure. Nous irons plutôt recouvrir le lustre du ciel de nos pensées malsaines.

Mais de quelle démence le soleil nous rappellera à l'ordre de l'asphodèle éclaté. De quelle démence l'histoire sinistrée redonnera aux morts une demeure étoilée.

> Ville jumelée au ciel vagabond
> le kif
> fleurit sur tes flancs

Mais serrons fort notre démence pendant que la fêlure émet la parole du vent qui gerce nos cœurs.

> Ville
> je te renvoie à la mer
> et je garde le rocher fermé sur la blessure
> endormie

Nous avons rompu avec la mer et bu la trêve éparse de la nuit   nous avons fomenté un rêve dans le corps d'une sirène   répudié la lune larvée sur le tombeau de la citadelle nous sommes partis au Rif habiter l'arbre et le roc

nous avons écouté le vent nous rapporter le vague d'une voix rude et belle   voix lointaine entachée de sang à l'aube séparée   voix humaine accessible au bout du rêve   pourquoi te nommer

qui se souvient de la terre brune   se souvient de la clarté née soudain d'un printemps sur les cimes...

il n'y a plus que traces d'une mémoire décimée.

POSTFACE / L'ÉCRITURE

J'écris pour ne plus avoir de visage. J'écris pour dire la différence. La différence qui me rapproche de tous ceux qui ne sont pas moi, de ceux qui composent la foule qui m'obsède et me trahit. Je n'écris pas *pour* mais *en* et *avec* eux. Je me jette dans le cortège de leur aliénation. Je me précipite sur l'écran de leur solitude. La parole acérée. Le vide plus un fragment de vie ramassée miette par miette.

Ce qui m'unit à ceux qui peut-être me lisent ou me liront, c'est d'abord ce qui m'en sépare. Le mot et le verbe sont ce par quoi je réalise la non-ressemblance et l'identité. Communiquer pour moi c'est aller aussi loin que cette différence est perçue. Je la perçois et la vis à mesure que la déchirure fait son chemin dans un corps, dans une conscience, à mesure que l'anesthésie locale et générale d'une foule est administrée quotidiennement.

Je me donne à l'équivoque tremblement des mots, dans la nudité de leurs limites, et j'affronte ce qui reste. Peu de chose. Me reste la survie de la parole liée et consommée.

Je suis ce qui me manque. Ce manque c'est tout ce qui constitue ma démarche, mon itinéraire, mon objectif. Ce que je crée c'est tout ce qui me fait défaut. Je dénonce. La parole. J'enlève le voile. La parole. Par un texte, un poème, je donne un peu de

ma différence, et je coupe une tranche de mon insuf-
fisance pour compléter — de façon purement illu-
soire — le manque de l'autre.

Et je dis les limites.

Ce qui m'infirme se perd. Je le récupère parfois
dans un regard, dans un geste de celui ou de celle
qui m'ignore et qui ne peut pas faire autrement que
de m'ignorer car l'écriture est un territoire où il ne
peut se reconnaître. Et pourtant c'est en ces hommes, en ces femmes que le poème jaillit et déborde.
Je fixe cette absence et attends la reconnaissance
implicite. Me reconnaître c'est enregistrer la différence même si c'est pour me refouler au banc de
l'écriture.

Je cadre le geste dans une mémoire furibonde et
entame le dépouillement. J'ouvre la page de mes
faiblesses, de mes insuffisances, de mes illusions et
de mon écart.

Je découvre la honte.

Mai 1971.

Calligraphie koufie. Extraite de *L'Art calligraphique arabe*, de Khatibi et Sijelmassi. (A paraître.)

Les amandiers sont morts de leurs blessures.   7.

Le discours
du
chameau

1

LA MÉMOIRE COUPABLE

... Je déchire votre toile, afin que votre rage vous fasse sortir de votre caverne de mensonge et que votre vengeance apparaisse derrière vos paroles de « justice ».

Car il faut que l'homme soit délivré de la vengeance : ceci est pour moi le pont qui mène aux plus hauts espoirs, c'est mon arc-en-ciel après de longs orages.

Mais les tarentules veulent qu'il en soit autrement : « Quand le monde s'emplit des orages de notre vengeance, que ce soit là pour nous la justice » — ainsi parlent entre elles les tarentules. « Tous ceux qui ne sont pas comme nous, nous voulons nous venger d'eux et les couvrir d'injures » — tel est le serment que font en leurs cœurs les tarentules.

NIETZSCHE
Ainsi parlait Zarathoustra

Si je te parle par légende et par para-
bole,
C'est qu'elles sont plus douces à en-
tendre. L'horreur
On ne peut en parler parce qu'elle est
vivante.
Parce qu'elle est silencieuse et qu'elle
avance.
Suinte dans le jour, suinte dans le
sommeil
Goutte à goutte,
Le remords douloureux.

GEORGES SÉFÉRIS
Journal de bord II

moi
chameau
né trois décennies avant l'hégire
parole égarée
dans l'histoire
mêlée au sang de l'arbre
sans racines
sans patrie
je veille sur les enfants qui viennent de naître
sur un lit de cendre
j'affirme
légitime la violence du peuple palestinien
étoile vagabonde
espoir suprême
moi
chameau
ici s'achève ma dernière solitude

Étoiles voilées et nuages retournés
dans la mémoire défunte
Parure de la mort
blanche
nue dans l'herbe.

Tombent des syllabes en décrépitude
caillots de sang

ils se souviennent.

Au loin l'azur gris
                    un sillon dans le poème
l'étoile du désert est devenue emblème
l'alphabet du soleil serrait
les gorges dans une poignée
d'années dures
pour vaincre

ceux qui vont mourir le savent :
il n'y aura pas de deuil
pas de pleurs
pas de chants funèbres
pas même de prière de l'absent

mais

l'orgueil immense
né sur le flanc des montagnes
et qui traverse aujourd'hui la cité métallique sans
nommer l'ordre qui assassine sans désigner le lieu
secret de la blessure

vous avez pris l'habitude de faire l'histoire   vos
cheminées crachent dans le ciel un sang noir sang
étrange   vos chiens le savent   vous avez peur des
chameaux qui affluent d'Arabie dans leur ventre
grouillent des enfants nés sous la tente décidés à rec-

tifier l'histoire et remuer l'asphalte de votre quiétude
décidés à remuer le sabre dans la mémoire honteuse
la mémoire coupable   nous avons appris un chant
pour foudroyer le ciel paisible   nos yeux ont renoncé
aux larmes   des trous dans votre certitude

A-t-on vu comment on opère un homme pour lui
retirer la mémoire pour le laisser chancelant sur la
rive du fleuve ? On lui a dit tu n'existeras pas; on lui
a soufflé dans les rides : tu existeras sans jambes
sans bras corps lové dans l'oubli. L'homme mutilé
croyait à tous les discours. Le corps ouvert aux vents.
Les gens défilaient en silence. Ils venaient consigner
un peu de leur honte dans le ventre d'un peuple
exécuté. Le rire étouffé dans les yeux crevés du vau-
tour. La parole de la terre fertile disait la guerre dans
un bosquet de fleurs ; la guerre devenue colombe
apprivoisée, teinte donnant la mort sous la tente ou
entre les dunes.

On a lancé le désespoir fou d'un peuple dans le chant
d'un monde repu
le ciel
territoire de la blessure
patrie des oiseaux
devenu espace minéral
laisse choir
une pluie amère
sur les gerbes givrées de l'espoir

Dans le crépuscule de la ville
les morts se sont relevés
corps labourés
corps étranges.

206

La vague dansait dans l'œil
humide de la charogne
un enfant — fils d'Abraham — fils
de Mohammad — l'a vue sortir
d'une couche d'étoiles
perdant l'écaille cristalline.
Lavé avec le sang de quelque oiseau
l'astre déchu
n'assiste plus les statues.
La pierre noire
agate sacrée
s'est tue.

Ils sont venus du désert
fendre le ciel
un pays bleu et vert dans les yeux
un territoire soustrait à l'aube natale
ils ont assez d'amour pour mourir et renaître
chevaux ailés
au centre de la terre orpheline
Le soleil déroule la courbe d'une couche ridée
le rire
nuage de suie
sang de morsure
prépare des funérailles
les corps seront lavés avec l'eau de jasmin
et mangés à l'aube de septembre
alors
la roue du soleil
tournera pour nos yeux
noirs et profonds
nous ne serons plus
l'animal qui gémit
pendant que la fièvre monte
dans la ville et les mémoires

où nos ancêtres
se retournent dans la face grise de la mort
le corps délabré
la ville
s'écroule
cimetière qui a vendu ses cadavres

Souvenez-vous
c'était un matin brumeux
confondu avec le ciel
le génocide se perdait dans le brouillard
l'amnésie
un siècle d'ossements
un siècle aveugle
retenu dans un arbre
blessé à mort
par le jour ardent
où des hommes au « cœur calleux »
sortirent d'un nuage
pour faire danser un singe
pour vous offrir le goût de la mort
le goût de l'orange blette
des chiens policiers
mettaient des muselières
à l'homme ceint de fer
la nuit tourne dans votre ventre
et les étoiles tombent
une à une
vous pleurez
la main triste
vous mangez les chats qui hantent votre sommeil
la nuit
astre perdu
veuve
haute dans le ciel

vole de comète en comète
la nuit
orpheline de ses rêves
dessine un labyrinthe dans les murs de la ville
ces hommes venus des sables
ont tissé des rêves
dans le ventre de la chamelle
ils ont déposé au seuil de la maison
la parole écorchée
le chant qui a la saveur du pain et de la mort
ils sont venus avec le vent
charges des salves
le ciel
enlacé
ils savent
comment
dans un cœur
se dépose
un désert
une face de lune
emplie de lumière et de tendresse
pour les enfants
qui font lever le jour et les armes
ils savent
se laver le corps avec le sable
et cerner la terre de leur rire
ils sont venus
au soleil d'un visage
dans la lumière hallucinante
du ciel déchiré
un sang incendiaire tombe sur l'Europe
des morceaux d'amertume
nous viennent de la nuit
on s'indigne
les cadavres dansent

regard qui brûle l'herbe
et nomme
la barbarie est rationnelle
elle coule comme un fleuve
entre vous et la vie
la haine pousse sur votre corps
comme l'herbe sur votre crâne
il faut dire pourquoi
le printemps
l'écume du silence
sont des matins morts
vous n'avez plus le temps de rêver
ni de surprendre un peuple errant
vous avez enterré vos massacres
avant de rentrer dans vos corps
territoire de la teigne
vous êtes partis sur le dos d'une couleuvre
vos usines s'arrêtent
on lance les pierres vertes de l'amour
sur le rivage du souvenir
on ramasse les feuilles vivantes
dans les « villes veuves de vie »
dans les mains veuves de poésie
mais c'est déjà la guerre
le sang de Palestine
a fait des trous dans l'asphalte
où un jasmin poussera l'hiver
le sang des enfants
féconde la terre
et remue les mémoires

l'aube

écoutez
ne serait-ce qu'une fois
le chant d'une source dans nos veines
le chant de l'étoile semée dans l'argile

écoutez
le torrent du ciel qui annule l'oubli
la main qui avance
et fait don d'un quartier de lune

écoutez
le cœur de Ghassane Kanafani *
             une moitié d'orange
             un cœur étonnant
             un livre
             où l'espoir est une gazelle
             une femme assise
             dans l'aube éclatée

ce corps porte en lui
monts et dunes
une romance et quelque parfum
un désert vert

* Ecrivain, poète palestinien, assassiné en juillet 1972 à Beyrouth
par un commando sioniste.

et un poème qui chante
un rocher migrateur à l'ombre de l'olivier

écoutez la légende
racontée par la vieille jument la mort
elle
a fait
du ciel notre lit en fleurs
elle
a corrompu le soleil
qui nous donne la cécité fatale
mais nos yeux
sont de la nuit
et de l'aube teinte de douleur
la blessure est ailleurs
dans la nudité de la solitude
dans les noces avec la mort
écoutez
le chant de l'oiseau égaré
entre l'exil et les sables
écoutez
le désert se retirer de vos rêves
les journaux
des représailles
des corps dynamités
la haine veille
elle vous serre la poitrine
la nuit désespérée
se couche dans vos yeux
le jour démembré
se replie dans l'écume souveraine

l'oubli
se lèvera avec le soleil

il a plu ce matin de la cendre
sur la ville
à Munich...

Après la haine
la chair s'est tue

sur la grande avenue une charrette traîne
un corps en décomposition
des étoiles de la cécité
l'âme et le verbe
le livre d'une histoire
règne sur les ombres

un corps fardé
un visage qui a pleuré la couleur
monte sur la charrette
tire la langue
lance pierres et flammes sur l'homme dans un sac
cet homme a hérité une tente et une corde
c'est un Arabe
coupeur de chemins dans les mémoires paisibles
un épouvantail
aux couleurs étranges
fils d'Abraham
fils de Mohammad
fils de la mer et du ciel veuf
enfants des sables
tous morts dans ce sac

je passai
dans les méandres d'une lueur décrépite
je vis
la charogne se relever
pour tisser l'héritage
la vérité
est un chat mouillé
aveuglé par la lumière de nos cieux
la vérité
est un crapaud venimeux
elle est blanche
parée de dentelles
et de mains coupées dans le cuivre
elle est la gazelle qui court
dans le sillage des étoiles
je vis la folie ivre de souvenirs
lancer les laves du brasier
sur le corps ligoté
l'astre traqué
tourne autour de la charogne
la foule frémit et le corps éclate
je vis
la terre s'ouvrir et se refermer sur des mains
je vis
l'homme préhistorique se relever pour rire et danser
le symbole du savoir blessé
s'est retiré dans la faille du doute
je vis
l'arbre craquer
et libérer des mains par milliers
il y avait
la peur et la honte sur votre corps gras
les nains et les anges vous fouettent
le cauchemar des chats vous poursuit
les fours crématoires

le silence
et le ciel dans la poche
c'était le délire du crapaud
la folie du sang impur
les chiens au cœur vitreux
annoncent le chaos
vous cherchez le crépuscule pour mourir
mais la clarté surveille vos pas
les chacals viennent rôder dans la ville
ils se souviennent
et viennent du désert
dans la ville occidentale
le jour est captif
de tant de crimes
dans la ville occidentale
le jour est barbare
des tireurs d'élite
abattent des ombres et des nuages
parfois ils abattent des enfants endormis sur les
nuages
ils tirent sur l'arbre fraternel
qui abrite dans ses branches
des petits soleils
                    fous
                         tendres
                              de rage
                                   et de pudeur
les tireurs d'élite
ont des trous dans le dos
et un œil sur le front
la vie en agonie
                    dans les mains
des plumes d'oiseau
                    dans la gorge
la malédiction tombe

            morceau de fer rouillé
        dans une mémoire
                                démente
je traversai cette foule
                    qui ne sait plus qui haïr
                    hier c'était le juif
                    aujourd'hui c'est l'Arabe
cette foule
            veuve de vie
dévorait ses enfants
je passai
avec la nonchalance du chamelier
le cœur ouvert
je passai
comme l'oiseau bleu des sables

moi
chameau
sang sémite
je n'ai rien à vous envier
je sais
j'ai appris
que votre vertu dort dans le ventre d'un crapaud
un crapaud ou un rat
votre morale et vos tables
sont piétinées par un cheval fou
un cheval ou un taureau
non
je n'ai rien à vous envier

je me rends à la grande place
où vous vendez ce qui vous reste
peu de chose
un peu de haine et de vengeance
vous envoyez vos chiens pour me mordre
mais je ne fais que passer
je vous laisse mon manteau

                et quelques nuages
                amis
                    et frères
                ils règnent sur les sables
                      et la forêt

vous retenez la teigne
dernière croûte du savoir
je n'ai rien à vous prendre
rien à mettre sur le dos de la gazelle
je n'ai rien à rapporter

                aux oiseaux qui m'attendent

un peu d'amertume
des âmes dénudées
une foule insane
l'odeur du massacre
l'histoire à l'envers
le feu dans la bouche
un visage sans soleil
des nuées livides
un ciel fallacieux
je vous tends le corps

                la différence

je vous dis

        le rivage au pluriel de la couleur et du
                          chant

je vous propose
de fouler le sable chaud de vos paupières
un bain de sable

un bain de terre brune
un bain dans la durée de notre errance
je vous propose
le pain d'orge trempé dans l'huile d'argan
l'offrande de la chamelle
un soleil entouré d'étoiles vives
le silence de la pierre et de l'eau
je vous dis
le rêve dans le champ de notre écart
certains égorgeront un coq ou une chèvre
d'autres feront du feu

tenez notre différence
elle a le goût du miel pur
asseyez-vous autour de la table basse
croisez les jambes
écoutez l'enchanteur
il vous contera l'histoire du peuple
amant de la terre
il vous dira la sagesse dans ses rides
l'eau qui sourd entre la pierre et l'argile
il vous dira
le voyage de l'enfant qui trouva un lit dans l'horizon
une autre voix
sans miel ni beurre rance
épellera la violence
elle vous dira
l'exode et l'exil
les corps défaits dans vos mines
les corps entassés dans le sommeil

pliés dans l'ombre
ils s'enroulent
                    les yeux ouverts
                            dans le burnous de la mort
corps solitaires
                    trafiqués
pour fleurir les étoiles
dans l'herbe étrange
                    dérobée à la vie
corps renvoyés après usage
le cœur mutilé
le sang vide
l'œil en cendre
la sève bue
                    par la nuit et quelques corbeaux

vous avez pris l'habitude de faire l'histoire
et vous avez dit :
                    race contre race
                    pour que l'astre ne soit plus veuf
que la lumière des hommes
surgisse de l'aube
                    et vienne brûler les idoles
vous avez enfermé
                    les fous et les orphelins
dans une grande jarre céleste
parole flambée
de l'arbre ivre
qui répand l'automne et le miel

mais
la lumière déchire les linceuls
la peur
la différence mouille dans les mémoires

vous reculez
la différence
quelle différence
le regard de l'autre
la porte ouverte sur le ciel
la fenêtre qui donne sur l'autre douleur
la main qui remue la terre
le jardin de nos plaies
et des oliviers

nous allons prendre le train
nous allons débarquer dans le sillage sidéral
avec parfums et encens d'Arabie
suivre le cortège des enfants des sables

nous vous laissons les mains liées
par la nuit qui dure
dans un bourbier
à peine nommé

la solitude reviendra après une longue absence
habiter la fête
et troubler le souvenir tendre
la solitude habillée
donnera à vos enfants le hach du voyage
ils partiront
avec le chamelier
écouter le chant des dunes
ils vous quitteront
âmes dévêtues
le cœur dans la main
ils vous quittent déjà
sans larmes
avec des poèmes pris à l'écume
avec des chants dans la poitrine

ils partent en voyage de noce
                    avec la barbarie
                    le silence de la terre

d'autres descendent dans la rue
                    le cœur démantelé
                    le cri
                    le peu de ciel retenu dans les yeux
                    déplace l'orage
                    traverse les saisons
                    retombe dans le corps
                    semaille de la nuit
                    sans importance
                    ils meurent
                    un
                    à
                    un
                    sur le lit bleu de l'errance
il vous reste
l'ogre qui bégaye des hommes
et puis un jour
l'herbe meurt sur vos lèvres
vos yeux troubles
se ferment sur la décision de la vague
c'est
l'appel désespéré
de l'oiseau venu de l'autre rêve
au printemps de septembre
au bord de la vie
dans l'éclat d'un nuage
c'est
l'appel de l'oiseau maudit
qui revendique la terre et l'olivier
dans le rire désert de la nuit
l'aigle est venu

vider le ciel des étoiles malades
vider nos cœurs habités par la charogne
nous avons brûlé nos tentes
flammes ivres
qui nous portent au ciel
la mort
          foudroyée
                    entre nos mains

la mémoire se vide
dans le gel
du matin
le rire
dans l'écho
lent
tendre comme mourir

au loin
dans le territoire de la blessure
nos mères
se sont tues

sachez au moins
que c'est par pudeur
qu'elles ne parlent pas l'horreur
                    la déchirure des corps
c'est par lassitude
qu'elles ne parlent plus aux arbres
                    aux pierres
                         aux étoiles
elles attendent
dans la solitude de l'argile
qu'il pleuve du jasmin
sur l'aile blanche de la différence
sur les cœurs verdoyants
dans l'effusion de l'amour

2

SEPTEMBRE 1970

Au jour aimant et vertige

... Afin que je parle en paraboles, que je boite et bégaye comme les poètes : et en vérité, j'ai honte de devoir encore être poète.

NIETZSCHE
Ainsi parlait Zarathoustra

La Palestine est une terre occupée. Une terre d'où la vie est réfutée. Blessure dans la mémoire des uns, honte dans la mémoire des autres. Culpabilité dans l'histoire, elle est une terre qui fait mal en chacun de nous. Aux autres elle fait peur. Elle fait peur à ceux qui ne savent que faire d'un héritage empoisonné, salaire d'un silence coupable pendant que des millions d'hommes étaient massacrés. Cette démission c'est aussi l'agonie d'une civilisation et la démystification de ses valeurs. Elle fait peur aussi aux « frères » dans la géographie, ceux qui gouvernent et mystifient les masses arabes. Du désert, parvient par bribes le discours d'un chameau. Il a mal dans toute l'étendue de son corps sa mémoire.

A la mémoire de Mahmoud Hamchari

Ne pleurez pas les morts
J'ai appris des sables
J'ai appris de l'arbre
J'ai appris du soleil
Que les morts n'ont pas besoin de nos larmes
Même s'ils sont martyrs printemps ou étoile
Une femme me l'avait dit
Mère de toutes les mémoires
Elle regardait partir ses enfants
A l'aube du cœur
Silencieux
Elle leur donnait un grand pain d'orge et une poignée
d'olives
Ils ne revenaient pas
Elle ne pleurait pas
Mais cédait à la tendresse parée du rêve mendiant
des montagnes
Elle cédait à la fleur qui s'élève entre les pierres
tombales
Elle oubliait les nuages et écoutait la brise qui lui
apporte les nouvelles
Mahmoud est mort de ses blessures
Né à Tulkarem quelques années avant Deir Yassin [1]
Mort en hiver
Dans la faille des mémoires tourmentées

1. Le 9 avril 1948 les forces de l'Irgoun massacrèrent les habitants du petit village de Deir Yassin.

Arbre abattu
Sur l'autre rive du silence
Ne pleurez pas les morts
Demain
Le séisme des mémoires coupables.

12 janvier 1973 [2]

2. Texte publié dans le n° 62 de *Politique Hebdo*.

Ils m'avaient promis une jarre de miel pur
j'étais solennel et moqueur
ils me devançaient
la main tendue vers le couchant
je dis
aux oiseaux des sables
syllabes de mon chant :
changez de teinte et suivez-moi
nous quittons le désert
pour un peu de miel et de lumière
le temps passera
                      sans toucher vos ailes
le jour sera bleu
comme dans la légende
telle est ma parole
notre destinée
nous partons sur le front
                         sans attendre le vent
blessures fermées
j'ai appris
que des mains fiévreuses
arrêtent le soleil sur les hauteurs du rocher
l'œil des enfants
saigne sur l'aube
                      qui a tressé sa chevelure
                      dans la boue sèche de septembre
vous entendez ce chant

c'est l'appel des dunes
loin des villes paisibles
elles dansent
l'oiseau ouvre les nuages
qui libèrent les mains défuntes
nous sommes nés
avec des écritures sur le front
notre étoile
se dresse une fois l'an
nue sur l'horizon
soulève la terre
au jour aimant
                    et vertige

J'ai mal dans notre solitude
depuis que meurent les petits soleils
morceaux de ciel sans importance
là au faîte de la colline
les matins ont désappris le silence

                                    tombent en syllabes
comme la rosée
pour ne rien signifier

J'ai mal dans le jour qui s'élève
digue ou voile de sable
entre nous qui nous disons « frères » mais pas

                                        camarades
pendant qu'on lance des machines perfectionnées
pour sanctionner les mains ouvertes sur la vie
les poings qui exigent la terre l'arbre l'identité

J'ai mal dans l'indifférence dispensée par je ne sais

                                      quelle étoile
dans les corps gras des villes nues et sans tendresse
je les vois
très occupés dans leurs calculs
le visage enduit de margarine
pour cacher une certaine horreur qui colore leur front
je les vois
impassibles derrière la vitre
autant de fractures dans le temps

qui décide de leurs songes
et leur prédit le séisme
je les vois
sécréter l'injustice pour l'équilibre de l'histoire
tout se justifie
pourvu qu'un enfant ne vienne pas déranger l'accalmie

Mais il y a pire...
il y a les « frères »
les fossoyeurs de notre espoir
qui dorment sur un lit de nostalgie
pendant que des fourmis et des mouches
viennent se poser sur leur.mémoire
pendant que le poème natal
lance des mots d'ordre
aux enfants qui marchent sur l'écume
pour arrêter la contrebande entre les étoiles et la
                                                    honte

Que de cendre dans mon crâne
qui croit encore le rêve possible
que de sang sous cette terre grise
que d'oliviers qui meurent à l'aube figée
que de poèmes muselés dans la mort blanche
Laissez-moi me rouler dans les sables
pour perdre la mémoire
pour ne plus parler des hommes
pour ne plus fuir la mort

Les « frères » les fossoyeurs, les larmes aux yeux,
                        massacrent les camarades
on nettoie la capitale et on se lave le sexe

236

on préside la prière
et on oublie

Après tout pourquoi le dire
je ne me lamente pas
il en meurt tous les jours
                              dans les champs
                                          dans les sables
l'olivier et le soleil le savent
je parle plutôt pour la terre meurtrie
je parle pour que le ciel m'ouvre une porte sur le
                              bleu et le vert
je parle pour que l'océan soit seul témoin de notre
                              blessure
je parle pour que les enfants
puissent voir un jour l'aube naître de leurs rêves
je parle pour qu'on sache
que l'histoire a été truquée
je parle
mais que vaut la parole d'un chameau ?
je parle pour le désert
mais le sable se colore déjà de ma solitude
le désert avance vers Amman
la pitié la tempête étranglent les âmes dégénérées
surprises dans leur nudité hideuse

Je parle
et mon discours se perd dans les dunes
peut-être qu'on m'entend

Mon prochain est loin
il croit à peine à la fatalité
tel l'oiseau qui a peur
se pose sur la branche incertaine
mon prochain est un camarade

qui a surpris mon délire
et pardonné ma folie
il a quitté la tente

Mon chant est indigne de ceux qui meurent la nuit
et renaissent avec l'aube
mon chant est pauvre
je ne suis qu'un chameau
un destin qui s'achève
je suis triste mais pas désespéré
même si les « frères » et les autres
ont décidé que mes camarades seront les oubliés de
l'histoire
ils ne savent pas ce que le désert va enfanter

Un rêve est jeté dans l'espace
un rêve qui a raison
une étoile audacieuse éclaire ce rêve
dans le combat
dans l'amour
dans les retrouvailles de l'arbre et de la forêt
dans la vie qui fane les couronnes
ce rêve sans mots
éclate dans les rues arabes
chante et appelle
la mort détachée du ciel

L'homme à la mémoire fanée
monte sur le dos d'un vieil esclave
et fait un discours pour retenir le rêve éclaté
il perd ses mots
bave
se décompose

Un cheval galope dans la mosquée
c'est le cheval blanc du prophète
venu annoncer quelque malheur
c'est le cheval fou ou drogué
comme le poète foudroyé par le rêve
mais le poète est enfermé dans une cage de syllabes
on a enfermé le poète et ses livres
soupçonné de complicité avec le cheval du prophète
inculpé de trahir la litanie
les chants tournent dans ses mains
soulèvent les corps qui rêvent sur l'aile de la colombe
quelle colombe !
un oiseau en plastique qui se décolore sous la pluie

Le cheval disparut
dans le ciel avancé de l'amertume
nous laissant
la nuit ceinte de nos vieilles certitudes
nous laissant
le souvenir de la gloire et du savoir
mais que faire
contre le temps qui nous trahit
et l'horizon qui s'éteint

à force de regarder vers le passé
les arbres se sont courbés
                    la sève perdue
                         une certaine tendresse
les enfants exigent l'amnésie
          — ils ne vous croient plus —
ils sont orphelins de l'âge d'or
fêlure dans la mémoire lasse
regard d'un avenir solaire
naissance du vent
                    qui fait trembler
                    la forêt paisible
                    jardin illuminé
                    des propriétaires qui dansent sur
                              les corps tannés
les légendes sont usées
la langue fatiguée

Oum Kalthoum
est le fleuve sans réveil
la verdure fraîche dans les cœurs qui ont faim
c'est le Nil mis en ordre dans les syllabes
qui agonisent sur un sexe malade

Le gouvernement a décidé
de porter plainte devant le Conseil de sécurité
à la suite de l'attaque israélienne
qui a eu lieu dans la nuit du mardi au mercredi
l'opération semble avoir été particulièrement
meurtrière
pour les Palestiniens
qui auraient eu plus d'une centaine de tués
et trois cents blessés...

l'indignation est totale

l'indignation
telle la cendre
voile ou fumée
vient loger dans nos yeux
et la colombe blessée
meurt en silence
nos cœurs sont usés
usés de solitude face à la mort matinale
nos cœurs trempés
déversent l'indignation soufrée dans la fosse commune

dans une école improvisée
des enfants chantent
d'autres dessinent des étoiles des arbres et des chars
ils apprennent l'alphabet du soleil et des sables
ils apprennent à nuancer le rêve
et pointent le doigt
vers le jour qui monte

Il monte
juste avant le coucher du soleil
un jour gros d'espérance
un jour qui dure
un jour qui mange

        les petits soleils roulant sur le
                          sable

Il monte
une voix qui ouvre des fenêtres dans le ciel
arrête les nuages
        qui palpitent dans nos yeux

une voix qui chante
                    la nuit
berce le rêve interrompu des morts
caresse la blessure répétée des mères

Il monte
de la source et du feuillage
une eau douce
                    au parfum de jasmin
une eau qui parle l'avenir
                              nomme la terre
                              dit la fin de la guerre
une eau qui lave nos visages
et s'érige
telle une fleur dans une corbeille de fruits

Il monte
de l'horizon tremblant
un petit nuage bleu
                        comme le jour
dessine des visages familiers
chasse la mélancolie de la gazelle
et joue avec l'écume du rêve.

Depuis que je ne porte plus le désert
                         dans l'étoffe de mon destin
j'ai perdu l'amour des citadines
                              brunes et grasses
elles préfèrent l'or à mon oasis
                              voisine du nuage bleu

J'ai des dattes et un peu de miel
je n'ai pas de maison
                mais j'ai un pays dans les yeux
                j'ai une terre au bout du cœur
                j'aime ce pays meurtri dans ma peau
                je ne pleure pas
                je rêve
                la fête semée d'étoiles
                j'aime cette terre
                mais que vaut l'amour d'un chameau ?

je n'ai pas de ciel
        juste quelques nuages
        je leur parle dans ma solitude
        j'ai un chant pour les hommes qui partent
        mourir près de la rive
        j'ai un fleuve qui coule dans mon rire
        j'ai une joie qui veille sous la fièvre
je n'ai pas d'héritier
        j'ai des enfants

avec de grands yeux noirs
venus boire à la source et manger des figues
certains partent à l'aube
d'autres attendent midi
pour loger dans le ciel

J'ai des dattes et un peu d'eau
pour le voyageur égaré
pour les filles du désert
pour les enfants de l'aube défaite

Dans ma main tourne une blessure
je n'entends plus mon chant
le jour meurt sur mon visage
et le soleil m'apporte de mauvaises nouvelles :

A Khartoum
on prépare des potences
il paraît que la foule
                réclame l'exécution des fedayin
il paraît que le Parlement jordanien
                a approuvé la sentence de mort
                contre Abou Daoud
ailleurs
on apprend à ne pas désespérer
la prunelle de la gazelle
                roule sur le sable
elle saigne
        la démence
           le vertige
notre destin se défait
le cheval du prophète l'a décidé
notre mémoire
        annulée

coule en paroles
        laves et lambeaux

Je quitte le désert
le chant de la mort ne peut me vieillir
il traverse la lumière :
        le ciel blanchit
        les étoiles tombent en décrépitude
c'est la honte.

J'ai honte dans ma faiblesse
j'ai vidé mon corps
mais la guerre continue
        défait l'horizon
        fait glisser l'astre meurtri
        égaré
        dans un squelette qui titube
et tombe la main
sur la maladie
sur les yeux morts
sur une vie d'enfant léger
        qui dort sur le petit nuage bleu

Le rêve écarlate me manque
je suis sans ivresse
j'ai désappris le rire
je suis le seul regard vivant
arraché à la chevelure de la mer
je suis la parole insensée
née de la brûlure
je suis un morceau du jour
suspendu

je suis flamme
qui a consumé son corps
l'absence et la couleur
je
manque
au rire
            en ce temps où la guerre est plus facile
je suis chant et délire
                        ouvert sur la folie
mais que vaut la folie d'un chameau ?

je dis
un lendemain sans blessure
la parole inutile
j'exige la vie
le jour certain
                sur terre usurpée.

La mémoire malheureuse
sera recouverte de cendres
voile sans énigme

le désert se peuple d'étoiles
c'est une image
rêvée
trempée dans les parfums de nos femmes

une faiblesse
un rêve

mais que vaut le rêve d'un chameau ?

3

LES LIMBES D'OCTOBRE

Tu sors dans Haïfa pour chercher une jolie carte postale : Haïfa qui baigne ses pieds dans la Méditerranée et dont la couronne touche le ciel. Et qu'est-ce que tu trouves ? Pas la moindre reproduction d'une rose ou d'une plage, d'un oiseau ou d'une femme. Toutes ces images ont disparu pour faire place aux tanks, aux fusils, aux avions ; le mur des Lamentations, les villes occupées et le canal de Suez. Et quand par hasard tu aperçois un rameau d'olivier, tu découvres qu'il est dessiné sur l'aile d'un avion de chasse français. [...] Tu n'envoies rien à tes amis, rien que le silence de ton cœur. Un silence qui ne les atteint jamais.

MAHMOUD DARWICH
Le Cercle de craie palestinien

les limbes d'octobre
ont recouvert notre vie d'une poussière argentée
une guerre s'est levée derrière le soleil
en nous
le désert
a fait ses épaves
nous avons cru possible le jour
aux derniers pas de la nuit
nous avons entendu
l'arbre solitaire
                    étranglé
                          gémir
l'œil qui saigne
c'était un arbre
vide de feuilles et de matins
le vent l'emportait
jusqu'à la dune et la tombe
jusqu'aux corps brisés
corps qui gonflent
dans la main nue de la mort
hommes mêlés
                    dans le même linceul
venus d'une chambre
un ciel dans les yeux
un pays saigné d'étoiles décédées
des mots naissaient de la terre ouverte
et cachaient le soleil aux longues mains tristes

la honte enveloppée dans un tissu de terre rouge
et le deuil
voile blanc
sur le jour dévasté

le ciel a murmuré à l'herbe sur nos corps
le naufrage de la patrie orpheline
la lune
livre voilé
tangue sur les pierres
l'astre va de l'écume à la vague retournée
dans cette mer
qui innocente le désordre
traversant les soldats et leur mémoire
dans un chant
        rire écarlate
        sang délivré
        pour l'appel marin
des soleils escortent les morts
les chameaux se prosternent
le regard lame dans le rideau noir de la Kaâba
les oiseaux captifs du malheur
suivent
vol ondulé du silence
les morts ne seront pas aveugles
c'est le prophète qui l'a dit
arraché au rêve de la fleur qui voyage
sur onde bleue
horizon des sables bousculés
simple sillage
qui exige la vie
une flèche érige l'étoile
c'est le réveil des morts

qui aiment le sel des sables
nos paroles coulent entre nos doigts
mémoire vomie à l'aube
dans une prairie
voisine de la nuit
la femme de bronze
qui coupe les nuages est un mirage
ne croyez pas la main
qui laboure le champ de la solitude
elle est pierre levée à l'hiver qui tombe
le désert se déplace pour l'algue lointaine
l'enfant qui vous regarde a du miel dans la bouche
ne cherchez pas la cendre
elle est mêlée à l'écume
                                    sur votre visage
la lumière distille la nuit
dans l'œil vide
froid
d'autres saisons naissent de la dune
la douleur remue
ruisselle sur le matin
telle l'aube infidèle
femme voilée
sème les mots et les pierres

les chameaux se relèvent et poursuivent leur désert
le prophète se teint le visage et monte sur son cheval
le cheval s'est coupé les ailes
l'horizon éclaté
se perd dans l'écrit du ciel
et écorche le sol tendre
le poème devient rauque
nos yeux sont lavés du sang

versé par l'arbre amer
quelque chose tremble
c'est l'ombre du jour
c'est le rire des enfants armés
la ville a basculé dans le feu
le sable remue sous la cendre
c'est la démence née de la guerre
le voile de la parole qui s'achève

une femme
captive du rêve
la main ouverte sur le soleil
sort d'un drap blanc :

           la terre est enceinte
           de vie et de corps
           ne pleurez pas les morts

l'horizon est sans racine
nos souvenirs se confondent
dans l'arbre et la sève
nos discours
tournent avec le vent
           dans une maison fragile

au loin la mort
sur un nuage qui a perdu ses couleurs

4

LA MÉMOIRE ROMPUE

notre mémoire rompue
à l'écart de la pierre
sur voile d'écume
sur corps ouvert
chaque ride est un siècle
                          une forêt hantée par les étoiles
                          une guerre qui a déchiré
                          nos regards d'enfants

chaque ride est un soleil
                détaché de l'herbe
                ruiné par l'oiseau qui ne chante plus
nos ancêtres ont bu la honte
dans un bol de cendre
ils ont confisqué nos rêves

le pain
est de ce ciel pauvre
                ciel obscur
                où le rire se casse
le pain
est de ce désert
              où des yeux noirs
              tombent de solitude

la parole a vidé notre corps
avec lenteur
répétant toujours les sables
pendant que nos songes
voyageaient sur la pointe des étoiles
pendant que l'arc-en-ciel
tombait sans folie
entre nos mains
c'était déjà l'ombre épaisse de l'exil

nous revenons à la pierre
sculpter le jour
avec des soleils

nous revenons à la source
où se posent encore quelques colombes
où se défait l'absence

l'aube
tissu de tendresse
usée

la lumière se lève
sur les blessures arrosées de jasmin
le temps
a fait de longs voyages dans nos corps
il nous a laissé un peu de couleurs dans les yeux
il nous a lavés de la douleur

dans le silence des mains serrées
il nous a apporté le vent
après avoir inhumé un destin périmé

une statue s'est levée
avec la lumière
guidée par l'étoile du matin
elle marche dans la ville
et répand les parfums d'Arabie
sur la poitrine des jeunes filles

la statue a perdu la vue
quand elle a fixé le soleil

c'était le printemps
les enfants la suivaient
le pied nu
le cœur vert

la statue
devenue femme
née de l'arbre
à l'appel d'un sang mal versé
sur la peau froide du rêve lointain

le jour se lève
et l'homme rompu
l'homme éclaté

cherche son ombre
le soleil passe à côté
de l'agonie qui murmure
l'homme
ramasse les miettes de l'étoile déchue

Bagdad
Qods
Fès
les villes capturent le soleil
pendant que la femme marche sur la ville
un diamant dans la pointe des seins

l'enfant qu'elle porte sur le dos
fait signe à la lumière
qui donnera l'ombre
à l'ami Raoul

la ville ne se lèvera plus pour l'astre
qui a perdu son corps
et ruiné son jardin
l'astre que nous avons chanté
                              bu le suc de sa pensée
l'astre que nous avons serré dans notre cœur
                              et mordu sa lumière
nous avons embrassé ses lèvres
et connu le goût des figues
jusqu'au jour où le cri de l'enfant
a saigné notre visage
c'était le poète
l'aube

l'oiseau
corps d'argile
chant des sables
le feu qui a versé l'eau
sur le front bleu des nuages
nous étions des aigles tristes
otages de la parole
qui glisse sur le ciel

nous étions des champs nus
sur le versant des syllabes arides
nous étions le rire
qui vole sur la blessure du sommeil
nous étions des arbres
qui commençaient le désert
nous étions le rocher
qui brisait la vague
nous étions l'histoire
la mémoire du printemps
la mousse du matin
nous étions le jour
voisins du ciel
nous étions la source féconde
et nos enfants ignoraient la honte

le ciel a éclaté entre nos mains
nos champs de bataille
                        fument
l'œil se ferme
            sur la brisure
            sur la cendre

Depuis ce matin j'ai la peau rouge   je suis un peau rouge   j'ai mis le voile blanc de la mort sur ma mémoire   je ne suis pas en deuil   j'ai simplement confisqué le droit à l'espérance   comme si notre manie d'espérer pouvait encore faire chanter les oiseaux de plus en plus rares dans notre ciel   je ne suis qu'un chameau   un chameau peau rouge qui vous retourne la consternation dans des morceaux d'étoiles déchues   notre émotion toujours là   fertile   sœur d'un ciel sombre

Vous m'avez peut-être écouté. Ma charge est moins lourde. Mon esprit est bleu. Ce n'est pas une image. Comme les chameaux de Nâzim, je suis devenu un ange. Je suis léger, très léger. Alors je m'en vais veiller à la porte du paradis.

Septembre 1972-Décembre 1973.

Le Monde a publié « Mourir comme elle », 22-23 décembre 1974 ; « Les amandiers sont morts de leurs blessures », 25-26 mai 1975 ; « Mahmoud Darwish : une terre orpheline », 25 juillet 1975 ; « Arabie... Arabie... », 31 mars-1er avril 1975 ; « Écrire comme on se tait », 8-9 décembre 1974 ; « Un homme venu d'une autre durée », 13-14 mai 1973.

Les Lettres nouvelles ont publié « Les filles de Tétouan », juin-juillet 1973.

Table

LES AMANDIERS SONT MORTS
DE LEURS BLESSURES

CICATRICES DU SOLEIL

I

IMPRIMERIE BUSSIÈRE À SAINT-AMAND (CHER)
DÉPÔT LÉGAL NOVEMBRE 1985. N° 8989 (2397)

Collection Points

SÉRIE ROMAN

Collection Points

SÉRIE POINT-VIRGULE

SÉRIE POLITIQUE